君はきっとまだ知らない

汐見夏衛

STARTS
スターツ出版株式会社

君はきっとまだ知らないだけなんだ。
君を包んでいる愛と優しさを。
君の中に息づく愛と優しさを。

君が全ての真実を知ったとき、
君に、僕に、光り輝く金色の雪が降り注ぐだろう。
それはきっと、僕らの絆《きずな》が起こした奇跡だ。

目次

序章　しゃぼん玉　9
一章　花冷《はなび》え　19
二章　薄氷《うすらい》　37
三章　遠花火《とおはなび》　67
四章　風船　99
五章　凍蝶《いてちょう》　137
六章　雪解雫《ゆきげしずく》　165
七章　銀杏《いちょう》散る　191
八章　水澄《みずす》む　211

終章　風光る　243
番外編　向日葵《ひまわり》　261
あとがき　274

君はきっとまだ知らない

序章　しゃぼん玉

「行くよー」

深く深く、胸の奥まで息を吸い込む。ふうっと細く長く吐き出すと、咥《くわ》えたストローの先にぷわんと空気の雫《しずく》が生まれた。

いびつに膨《ふく》らんだ透明な球体の表面は、空から降り注ぐ光をめいっぱいに浴びて、ピンク、金色、青、水色、黄緑、紫、と次々に色彩を変えて煌《きら》めく。そしてふるりと揺れ、すっとストローを離れて宙に飛び出した。

「わあっ!」

「きゃー‼」

ただのしゃぼん玉なのに、春乃《はるの》と冬哉《とうや》はまるで世界の危機が救われたかのような歓声を上げた。私は少し呆《あき》れつつも、口許《くちもと》が緩《ゆる》むのを堪《こら》えきれない。喜んでもらえてよかった、持ってきた甲斐があった、と思う。

石鹸液《せっけんえき》にストローを浸し、もう一度吹く。次々と生まれては飛び立っていく無数の光の玉が、ゆらゆら漂いながら私たちを包んだ。

「わあ……すごい」

「たくさーん‼」

「イェーイ‼」

弾《はじ》けた笑い声はしゃぼん玉と混ざり合い、澄みきった青空へと昇っていく。

「綺麗《きれい》だね……」

千秋《ちあき》がほうっと息をついて呟《つぶや》いた。私は「うん、綺麗だね」と笑う。

「しゃぼん玉って、すごく不思議な色してるんだね」

感心したように言うので、私は思わず「見たことないの？」と訊ねた。すると彼は小さく頷《うなず》き、ぽつりと答えた。

「俺、しゃぼん玉、やったことなくて。人がやってるのを遠くから見たことはあったけど、今日初めて近くで見た」

千秋の言葉に、私と春乃、冬哉は顔を見合わせた。

誰も口には出さなかったけれど、それぞれがその瞬間、この町に来るまでの彼の暮らしぶりを思ったのが分かった。

「……そっかそっか。記念すべき初しゃぼん玉か！」

冬哉が明るく笑って千秋の肩を叩く。

「んじゃ、思いっきり楽しまなきゃな！　しゃぼん玉と言えば、追いかけっこだぞ！」

「え？」

戸惑《とまど》ったように首を傾《かし》げる千秋の手を、冬哉がぐいっと引っ張った。

「よっしゃ行こう！　光夏《ひな》、どんどん吹けよー、目指せ最高記録!!」

「はいはい」

私は肩をすくめて笑い、ストローの先に石鹸液をたっぷり含ませる。

「行くぞ千秋！ どっちがたくさん割れるか勝負な！」

「え、割っちゃうの？ 可哀想《かわいそう》だよ……」

千秋の言葉に意表を突かれたように一瞬目を丸くした冬哉は、すぐにくしゃりと笑った。

「千秋は優しいな。じゃあ、追いついたら、ふーってしてもっと高く飛ばしてやろう」

「うん、分かった」

「よーし、スタート！」

私がストローを吹くと同時に、千秋と冬哉が走り出した。

肌ではほとんど感じられないのに、でも確かに風は吹いているらしく、生まれたしゃぼん玉はすぐに四方八方へと広がっていく。

「しゃぼん玉飛んだ、屋根まで飛んだ——」

春乃が明るい声で歌い出した。

「待て待てー！」

冬哉たちはしゃぼん玉を追いかけて公園中を走り回り、ジャングルジムや滑《すべ》り台にまで登っている。

千秋は今まで見たことがないくらい楽しそうに笑っていて、なんだか私まで、すごくすごく嬉《うれ》しくなった。

しばらくして吹き疲れた私は、少し休もうとブランコに座った。すると千秋もやってきて、私の隣に腰を下ろした。

「もういいの？」

「うん、ちょっと休憩」

彼はふうっと息を吐き、軽くブランコをこぎながら、しみじみと言う。

「冬哉って元気だな」

「だよね。幼稚園のときマラソン大会で優勝したし、サッカーも習ってるし。放っとくと何時間でも走ってるよ」

「すごいな。俺はあんなに長く走れない……」

軌道《きどう》の読めないしゃぼん玉の不規則な動きに振り回され、「えっ、そっちかよ、そう来るか！」と右往左往している冬哉の姿を、千秋は尊敬の眼差《まなざ》しで見つめる。私は小さく首を振った。

「いいんだよ、そういうのは人それぞれだから」

千秋のブランコが止まる。

「そのぶん千秋は、冬哉が持ってないもの持ってるんだもん」

「そうかな……？」

彼は少し眉《まゆ》を寄せて首を傾げたけれど、私は確信を持って「そうだよ」と深く頷いた。

千秋はまだ知らないだけなんだ。自分がどんなに特別な人なのか。

でも、私はたくさん知っている、千秋の素敵なところを。今の私にはうまく言葉にできないけれど。

早く自分でも気づけたらいいね、と心の中で語りかけていると、彼がふいに「あ、そうだ」と声を上げて立ち上がった。ベンチに置いていた荷物を持ってきて、スケッチブックと色鉛筆を取り出す。

「お絵描きするの？」

しゃぼん玉に飽きたのだろうかと思って訊ねると、千秋は「うん」と頷いて、まだいくつか空中を漂っているしゃぼん玉を指差した。

「すごく綺麗だから、絵に残しときたいなって」

「へえ、そっかあ……なるほど」

綺麗なものを見て感動して、その気持ちを絵として残す。そんな発想など全く持っていなかった私は、驚きに目を見開いた。

また見つけた。千秋の素敵なところ。

「ねえ光夏、おっきいしゃぼん玉って作れる？　色と形をよく見たいんだ」

私は大きく頷いた。

「うん、やってみる」

さっきよりもずっと優しく、そろそろと息を吹き込む。

ストローの先で新しいしゃぼん玉がぷうっと生まれた。すぐに飛んでいったりしないように、勢いがよすぎて弾けて消えたりしないように、少しずつ少しずつ、慎重に空気を送り込んでいく。

ゆっくりと時間をかけて、両手にも収まらないほどに大きく膨らませたしゃぼん玉は、まるで生き物のように小さく震え、その動きに合わせて一瞬ごとに色を変える。

「すごいなあ、何個も色がある。金色、黄色、オレンジ、赤……」

それが飛び立ったあと、すぐに次のしゃぼん玉が生まれた。

「今度はちょっと色が違って見える。ふちは銀色で、紫、青、黄緑……。青っぽいのと赤っぽいのがあるんだ。あ、でも、虹色《にじいろ》のもある……」

ぶつぶつとひとりごとを言いながらしばらく観察したあと、千秋は色鉛筆を動かし始めた。

彼は絵を描き始めるととんでもない集中力を発揮して、話しかけても反応しなくなるのを知っていたので、私はしゃぼん玉を吹きながら他のふたりへ目を向けた。

冬哉が空を仰《あお》ぎながら走り回り、小石につまずいて転びかけて、「あっぶね」と叫んで慌てて体勢を整える。

春乃はそれを見ておかしそうにころころと笑いながら、「風、風、吹くなー」と何度目かのしゃぼん玉を歌っている。

「本当に綺麗だなあ……」

千秋がふと目を上げ、空を見て噛《か》みしめるように呟いた。本当に嬉しそうな微笑みを浮かべていて、だから私も嬉しくて、笑いが込み上げてくる。

なんて穏やかで、幸せな時間だろう。自然と頬が緩んだ。

この時間が、永遠に続けばいいのに——。

そんなことを考えながら、ふうっとストローを吹く。

ぶどうほどの大きさのしゃぼん玉は、風にのって少しだけ昇ったあと、雪の花びらのようにひらひらと舞い降りてきた。

ふっと息を吹きかけてみたけれどだめで、力尽きたように一気に落ちていく。

そして地面に触《ふ》れるか触れないかのところで、音もなく弾けて消えた。

まるで、初めからしゃぼん玉なんてなかったかのように。

「——生まれてすぐに、壊れて消えた……」

その瞬間、目が覚めた。

見慣れた天井がやけに遠く感じる。

瞼《まぶた》の裏には、ひとりぼっちで消えていったしゃぼん玉の残像が、くっきりと残っていた。

ふ、と唇が歪《ゆが》む。

なんて古い夢を見たんだろう。

何年も前のことだ。彼らとあんなふうに屈託《くったく》なく過ごしていた幼い日々は。

もう二度とあんな時間は過ごせないだろう。

過去には、戻れない。

未来にも、飛んでは行けない。

あるのは、現在だけ。

なんにも知らなかった能天気な自分を懐かしんだって、振り返ればきらきら輝いて見えるあのころが眩《まぶ》しいだけだ。思い出なんて、ただの過去の残骸《ざんがい》だ。

この先どんな出来事が待ち受けているか想像を巡《めぐ》らせたって、それはどうせ希望的観測だ。自分の未来が輝かしいものになるなんて保証はない。

〝今〟から逃れることはできない。

逃げてはいけない。

「……起きなきゃ。行かなきゃ……」

唇《くちびる》から洩《も》れたのは、情けないほどかすれた声だった。

長い長い夏休みは、もう終わった。学校が始まる。

私はひとつ息を吐いて、のろのろと起き上がった。

ベッドから脱け出し、レースカーテンが揺れる窓の前に立つ。

ベランダの向こうにある外の世界は、呆れるほど明るい光に満ちていて、私はきつく眉を寄せて目を細めた。

一章　花冷《はなび》え

＊

——私は一年A組の幽霊だ。

深く俯《うつむ》いて自分の爪先《つまさき》を見つめたまま、扉《とびら》に手をかける。瞬間、エアコンで人工的に冷やされた空気が一気に溢《あふ》れ出してきて、私を包んだ。ぶるっと軽く身を震わせて、一歩踏み出す。もちろん俯いたまま。それでも、視界の端には教室の景色が映り込んでくる。等間隔に並んだ同じ机と同じ椅子《いす》、そして同じ制服に身を包んだクラスメイトたち。

代わり映えのしない光景にうんざりしながら、私は黙々《もくもく》と足を動かして机の隙間をすり抜け、自分の席に着くと椅子の背に手をかけた。なるべく音を立てないように、軽く持ち上げて後ろに引き、そっと床に下ろす。

少しでも気配を消すために余計な行動は控え、避《さ》けられない動きについてはそれに付随《ふずい》する音を極力抑える。そんな行動原理で動くようになったのは、いつからだっただろうか。考えてみるものの、頭が思考を拒否するようにぼんやりとしていて、思い出せない。

椅子に腰を下ろし、鞄《かばん》をそっと机上《きじょう》に置いてから、小さく顔を上げて黒板の右側を見た。ひどく適当に消されたらしくうっすら残っている昨日の日付の上に、日直の男子の乱雑な文字で〈十四〉と殴り書きされている。

九月十四日。新学期が始まってからもう二週間も経《た》ったのか、と思った。死んだように過ごしているせいか、なんだか実感がない。

そして〝あの日〟――私の生活が一変した日から、すでに三ヶ月以上が経っているのだ。

たった三ヶ月間のはずなのに、もう何年もずっとこんな生活をしているような気がする。

ゆるりと視線を机の上に戻す。除光液《じょこうえき》を使って何十分もかけて丁寧《ていねい》に丁寧に拭《ぬぐ》ったのに、それでもうっすらと残ったままの、マジックペンで書かれた文字。私はそれをじっと睨《にら》みつけ、鞄で隠すようにして視界から閉め出した。

教室を埋《う》め尽くすクラスメイトたちがそこここで蠢《うごめ》いている。でも、誰ひとり私に声をかけてきたりしない。視線さえ向けられることはない。

いつものことだった。私はきっと今日も、誰からも話しかけられず、誰かと目が合うこともない。一日中、始業から終業まで、放課後になってもだ。

私が息を殺しながら学校生活を送っている理由。それは、六月の〝あの日〟以来ずっと、夏休みの進学補習の間も、クラス中の人に無視されているからだった。

無視されているのに、いつも不穏《ふおん》な気配が私を取り巻いている。

誰とも目が合うことはないのに、なぜかずっと見られている気がする。

私がなにか目立つような動きをすると、どこからかくすくす笑いが聞こえてくる。

でも、振り向いても、誰も私を見てなんかいない。

私は一年A組の幽霊だ。

いるのに、いない。

確かに私はここにいるはずなのに、誰からも存在を認められない。

でも、と私は口許を歪める。

──こんなことがなんだって言うの?

心の奥から問いかけてくる声が聞こえる。

──あなたの長い長い人生にとって、たったの三年間過ごすだけの学校で少しくらい上手《うま》くいかなかったからって、なにか問題がある? 別に誰とも話さなくたって、なんにも困らないでしょう。事実、あなたはこの三ヶ月の間、誰とも話さずに、それでもなんの問題もなく学校生活を送れていたんだから。

そうだ、と私は心の中で頷く。別にかまわない。なんの問題もない。

無になればいい、心を殺せばいいのだ。

きつく目を閉じて、ぎゅっと耳を塞《ふさ》いで、なにも感じないように。

深く深く息を吸って、細く長く吐き出して、酸素が頭のてっぺんから爪の先まで染み渡るように深呼吸をする。そうしたら、私の心は凪《なぎ》の海のように平坦になる。

そんなことを考えているうちに、いつの間にか授業が始まり、終わり、また始まって終わって、終礼の時間になっていた。

担任が連絡事項を伝え終えたと同時に、帰りの挨拶《あいさつ》もそこそこに、私はいつものように俯いたまま立ち上がり、足早に教室を出た。

＊

リノリウムの床を交互に打つ左右の上履きを凝視しながら、生徒玄関へと繋《つな》がる廊下を歩く。

時間的にまだ早いので、周囲にはほとんど人がいない。たくさんの生徒がひしめく空間にいると気分が悪くなるので、放課後はいつもなるべくみんなが教室にいるうちに校舎を出ることにしているのだ。

目の前のクラスの終礼が終わり、出てきた男子の集団がぞろぞろとこちらへ向かってきた。購買にでも行くのだろう。大きな笑い声を上げながらふざけ合っていて、こちらに気づく様子もなく廊下の真ん中を歩いてくるので、私はぶつからないように端に身を寄せた。

すれ違う瞬間、反射的に顔を背《そむ》けて窓の外を見る振りをする。

と同時に、私は動きを止めた。薄曇《うすぐも》りの空の下、すらりと背の高い男子と、小柄で華奢《きゃしゃ》な女子が肩を並べて、校門のほうへ歩いていく姿が目に入ったからだ。ここからの角度だと顔は見えないものの、背格好や歩き方から、誰なのかはすぐに分かる。

白川《しらかわ》冬哉と、香山《かやま》春乃。私の幼馴染《おさななじみ》だ。

思わずふたりの姿を目で追い始めてから数秒後、今度は呼吸が止まった。彼らの少し前を俯きがちに歩いている男子に気がついたのだ。

ほっそりとした身体、柔らかく風になびく髪、少し猫背《ねこぜ》ぎみの後ろ姿。間違いない。

金森《かなもり》千秋――もうひとりの幼馴染だった。

ゆっくりと歩を進めていた千秋が、ふいに顔を上げた。ちょうど春乃と冬哉が彼に追いつき、横で足を止める。どうやら彼女たちが呼び止めたらしい。

私は思わず、「え」と声を上げてしまった。まさか彼らが接触するとは思わなかったのだ。

昔から特に仲の良かった冬哉と春乃は、今でもときどき校内でふたりで話している姿を見かけるけれど、そこに千秋が加わるのは一度も見たことがなかった。

それで私は、たぶん軽く挨拶をするだけだろうと予想した。でも、驚いたことに彼らはその場で会話を始めたのだ。

　当たり前のように顔を合わせて言葉を交わす三人を見て、私の心の中には、自分でもよく分からない、なんとも言いようのない感情が込み上げてきた。
　二、三分ほどなにか話したあと、春乃と冬哉は千秋に小さく手を振り、再び校門に向かって歩き出した。千秋はふいにしばらく立ち止まって彼らの背中を見送っていたけれど、忘れものでもしたのか、踵《きびす》を返して来た道を戻っていった。
　二手に分かれた幼馴染たちの姿を交互に見つめながら、私は自分の鼓動《こどう》が妙に忙《せわ》しないのを自覚する。

　彼らとは家が近所で、学校もずっと同じ、いわば腐《くさ》れ縁《えん》というやつだった。

　春乃と私は幼稚園の年少のとき、行き帰りの園バスで隣の席になったことから仲良くなった。よく家にも遊びに行っていた。

　年長のときに冬哉が同じ組になり、男の子にからかわれていた春乃を助けてくれたのがきっかけで、彼も仲間に加わった。

　そして、小学校に上がった七歳のとき、千秋が近くに引っ越してきた。私たちの通っていた学校に転入してきて、そのときはクラスが違うので面識はなかったけれど、たまたま公園で遊んでいるときに出会った。

　千秋は私たちからするとずいぶん変わった雰囲気を持っていた。ぼんやりしているというか、ふんわりしているというか、いつもぽうっとした顔で空を見ているような子で、なんだか違う世界からやってきたみたいに思えた。

だから私たちは彼のことが気になって仕方がなくて、あれやこれやと声をかけては遊びに連れ出したものだった。

学校の校庭や近所の公園、原っぱや河川敷、誰かの家やその庭、とにかくどこに行くにも四人一緒だった。友達や親からは『仲良し四人組』と呼ばれたり、偶然にもそれぞれの名前に春夏秋冬が入っていることから、からかいまじりに『劇団四季《げきだんしき》』などと呼ばれたりしていた。

でも、小学校の高学年になるころには、まず周りの雰囲気が変わってきた。男子と女子に分かれて対立したり、誰々ちゃんは誰々くんが好きだとかあの子とあの子は両想いだとか無責任に騒《さわ》いだり。そういうふうにして男女の境目がはっきりしてくるにつれて、私たち四人もその空気に影響された。男女入り交じって仲良く遊ぶというのは、周囲の目もあってなんとなく気恥ずかしくなり、共に行動する時間が減って、徐々に距離が離れていった。

中学も高校も同じだったけれど、私たちはもう二度と四人で一緒にいることはなかった。

それなのに今、彼らは、昔と同じように話をしていた。そのことが私をひどく驚かせ、動悸《どうき》を激しくさせたのだ。

もしかして、私以外の三人は今でも親しくしているのだろうか。私は彼らのうちの誰とも、もう何年も、同じ高校に通っていても、会話どころかまともに視線を合わせてすらいないのに。

でも、当然と言えば当然だ。私が通っているのは一般大学への進学を目指す文理コースで、彼ら三人は特殊技能を学ぶ専門コースだった。千秋は美術専攻、春乃は家政専攻、冬哉はスポーツ専攻。

文理コースは朝学習があり、授業の時間編成も専門コースとは異なるので、登校も下校も時間がずれる。それに、文理コースは職員室のある本館、専門コースは特別教室が集まる別館、と校舎が分かれていた。出入り口も別々のため、教室移動などでたまたますれ違いでもしない限り、文理コースと専門コースの生徒が互いに顔を合わすことはほとんどない。

だから、同じ校舎で過ごす彼らが再び仲良くなり、同じ学校とはいえコースの違う私だけは接点もないまま、というのは納得できる。

それなのに、このもやもやとした気持ちはなんだろう。

この感情に名前をつけてしまったら、まっすぐには立っていられなくなるような気がした。だから私は小さく首を振り、勝手に駆け巡る思考を振り払う。

無理やり空《から》っぽにした頭に、いつかテレビの動物番組で見た映像がふっと浮かんだ。リーダー争いに負けて群れを追われ、今までの居場所に戻れなくなった野犬。遠く離れた藪《やぶ》の中から、かつての仲間たちをじっと見つめている横顔。

はたから見れば、教室で息をひそめている私も、こうやって昔の友達をこっそり覗《のぞ》き見ている私も、もしかしたらあの野犬と同じ顔をしているのかもしれない。

嫌だ、と思った。

私は別にひとりでも平気なのに、そんな不様《ぶざま》で哀れで惨《みじ》めな姿なんて、絶対に晒《さら》したくない。

過去には戻れない。未来も明るいなんて限らない。

過去を振り返っても、未来に夢を見ても、なにも意味はない。〝今、ここ〟だけが私の居場所だ。その場所が自分にとってどういうものかなんて、居心地がいいかどうかなんて、考えるだけ無駄だ。どうせなにも変わらないのだ。

私はもう一度ぶんぶんと頭を振り、窓辺から離れて生徒玄関のほうへ黙々と足を動かした。

あの三人のことは、もう忘れよう。いくら遠い昔に同じ時間を過ごしたからといって、今は私とは無関係なのだ。彼らがどうしていようと関係がない。

そう自分に言い聞かせながら歩き、靴箱が見えてきたあたりで、私はふと足を止めた。

「――え？」

思わず呟き、首を巡らせる。

なにか声が聞こえたような、誰かに呼ばれたような気がしたのだ。もうずっと、学校では誰からも呼ばれてなんかいないのに。

「誰……？」

幻聴《げんちょう》だろうかと思いつつ耳を澄《す》ませていると、ふいに、かすかな甘い香りが鼻腔《びこう》をくすぐった。

なんだっけ。懐《なつ》かしい香り。

首を傾げているうちに、それは徐々に濃度を増し、私はやっと思い出した。

「金木犀《きんもくせい》……」

間違いない。金木犀の花の香りだ。

私は目を見開いて、胸いっぱいに息を吸い込んだ。

でも、まだ金木犀の季節ではない。どこからこの香りはやってくるんだろう。甘い花の香りはそこら中に漂っているような感じがして、香りのもとは全く分からない。

もしかしてどこかに季節外れの花が咲いているのだろうかと窓の外を眺めていると、

小さな物音が聞こえてきた。私は反射的にそちらへ目を向ける。

視線の先に現れたのは、見慣れた、でも見慣れない顔。

「ひ、な……？」

かすれた声で私を呼んだのは、千秋だった。

なぜか、まばゆい光に包まれたような錯覚《さっかく》に陥《おちい》る。あたたかい金色の光。

眩しさに思わず閉じた瞼をゆっくりと開くと、千秋と目が合った。

かすかな風にふわりと揺れる長い前髪の奥から、少し見開かれた大きな瞳《ひとみ》がじっと私を見つめている。

昔と少しも変わらない、すっきりと澄みきって、透明で、ひどく静かな眼差し。

全てを、心の奥底までも見透《す》かしてしまいそうなまっすぐな視線に、胸を抉《えぐ》られたような気がした。

瞬間、走って逃げ出したくなったけれど、なんとか堪える。ここで不自然な動きをしたら変に思われるかもしれない、そして探られたりしたら……という危惧《きぐ》が、かろうじて私の足を床に貼りつけてくれた。

微動《びどう》だにできず、言葉もなく彼を見ていると、その薄い唇がゆっくりと開いた。

「——光夏」

真綿でそっと包み込むような、柔らかい声。

懐かしかった。千秋の声だ。この声に名前を呼ばれたのは、何年ぶりだろう。

「光夏」

彼はまた、囁くように言った。

会話などせずに、軽く会釈《えしゃく》をする程度でさっさとすれ違ってしまおうと思っていたのに、こんなふうに呼びかけられてしまったら、無視することなんてできない。

「……千秋」

できる限りの平静を装《よそお》い、普通の声、普通の声、と自分に言い聞かせながら、小さく言う。

「偶然だね」

学校で声を出したのはいつぶりだろう。たぶん、一学期の最後あたり、世界史の授業中に指名されて先生の質問に答えて以来だ。二学期になってからは、一度も当てられていないはずだ。

喉《のど》がからからに渇いている。上手く声が出ていただろうか。千秋が不審《ふしん》に感じるような声じゃなかっただろうか。ちゃんと、〝学校生活をなんの問題もなく順調に送っている人の声〟に聞こえただろうか。

そんな焦燥《しょうそう》が、逆に私の重い口を押し開いた。

「珍《めずら》しいね、千秋がこっちにいるなんて」

彼は黙ったまま、まるでスケッチの対象物を観察するかのように、大きな瞳でじっと私を見つめている。

さらに焦《あせ》りが込み上げてきて、喉の奥から次々に軽い言葉が飛び出した。

「どうしたの？　専門コースは教室も靴箱も別館のほうでしょ。……ていうか、高校に入ってから会うの初めてじゃない？　千秋は美術専攻だからI組だよね、私はA組なんだけど、いちばん離れてるもんね。同じ高校とはいえ、そりゃ会わないよね」

「………………」

千秋はやっぱりなにも言わない。視線だけが刺さる。

「……あっ、もしかして、職員室に用事とか？　別館クラスは大変だね、いちいち渡り廊下使って本館に来なきゃいけないんだもんね。A組なんて階段下りるだけで職員室だからなあ。めんどくさいでしょ、ほんとお疲れ様」

気まずさのあまり、いつの間にか窓の外に目を向けて話していた。ちらりと視線を戻して千秋の様子を窺《うかが》ってみたものの、彼は相変わらず表情が乏《とぼ》しくて、なにを考えているのかよく分からない。でも、どこか呆然《ぼうぜん》としているようにも見えた。

もしかしてびっくりしてる？　それとも呆れてる？　私しゃべりすぎちゃった？　不自然だった？　急激に不安が膨れ上がる。

だめだ。他人と話すのが久しぶりすぎて、どれくらいの長さで、どういう間《ま》を取って、どんな内容の会話をすればおかしく思われずに済むのか、全く分からない。

そもそも私は、もともとしゃべるのがあまり得意なほうではないのだ。自分が正しいと思う意見を主張したり、『リーダーとして今こう言うべきだ』という確固とした考えに基づいて話したりするときにはいくらでも言葉が出てくるのに、なんでもない世間話や雑談をするのは、上手く話題を見つけられなくて、とても苦手だった。

そんな私が、数年ぶりに会ったにもかかわらず、こんなにべらべらしゃべるなんて、千秋からしたら異様でしかないだろう。

やばい。このままじゃ、なにか悟《さと》られてしまうかもしれない。嫌だ。動悸が激しくなる。

千秋は昔から無口で無表情だけれど、育った環境のせいか、人の感情を読み取ることにひどく長《た》けているのだ。

だから、早く千秋の視界から消えなきゃ。なにか勘づかれてしまう前に。

私は意識して口許を緩め、なんとか笑顔らしきものを浮かべてから、彼に向き直った。

「……じゃ、私、用事があるからもう行くね、ばいばい」

ひらひらと手を振り、顔を俯けながら足早に千秋の横を通り過ぎる。

彼はただ私を目で追うだけで、なにも言わなかった。

玄関前まで来て小さく振り向き、追いかけてきたりする様子がないのを確認して、ほっと息をつく。

靴箱の蓋《ふた》を開けてローファーを取り出し、上履きを脱《ぬ》ぎながら、まさか千秋に会っちゃうなんて、とため息を吐き出した。

高校に入ってから彼と会ったのは、遠くから見かけたりするのを除けば、たしか五月ごろに、ジャージ姿でグラウンドに向かうI組の集団と渡り廊下ですれ違ったときの一度きりだと思う。

そのころはまだ私も〝普通の高校生活〟を送っていて、同じクラスの女子たちとたわいもないおしゃべりをしている最中だったし、千秋も千秋で隣を歩く男子と話していたから、ほんの一瞬、目が合うか合わないかのタイミングですれ違っただけだった。

『よかった。千秋、ちゃんと友達ができたんだ』と勝手に安心したのを覚えている。

その一ヶ月後には自分が友達を失うなんて夢にも思わず、ずいぶん上から目線なことを思ったものだ。

これまでずっと会わなかったのに、どうして今になってばったり遭遇《そうぐう》してしまったんだろう。こんな状況になってしまってから、どうして。いちばん会いたくなかった人に、どうして。

春乃や冬哉にも、もちろん今の自分は知られたくない。

でも、千秋がいちばん嫌だった。

『光夏はすごいね。光夏がいてくれてよかった……』

あの金色の雪が降る中、そう言ってすがるように私の手を握った千秋には、千秋にだけは、絶対に知られたくない。

深い深いため息とともに、私は校舎の外へと一歩踏み出した。

二章　薄氷《うすらい》

＊

翌日、いつものように俯いたまま、私は教室へ向かって廊下を歩いていた。

視界の右側を、窓から射し込む光が白く照らしている。ちらりと外を見ると、夏真っ盛りのころに比べて、太陽は少し小さく遠くに感じられた。

もう夏も終わりか、とぼんやり思ったそのときだった。

「ひーなちゃん」

鈴を鳴らすような可憐《かれん》な声が、私を呼んだ。

私は「え」と驚いて足を止め、顔を上げる。

そこには、小さく首を傾げてこちらを見ている春乃がいた。

視線が絡《から》み合った瞬間、彼女はわずかに目を見開いたように見えた。それから、ほうっと息を吐きながら目を細め、ふんわりと笑った。

「おはよ、光夏ちゃん」

「よお、光夏」

昔と変わらない調子でのんびりと朝の挨拶をしてくる彼女の隣には、ズボンのポケットに手を突っ込んだ冬哉が立っている。彼は軽く右手を上げて私に笑いかけた。

「あ……うん、おはよう」

あまりにも突然の事態に、私はさすがに動揺を隠しきれず、ぎこちなく挨拶を返すことしかできない。

昨日、千秋にばったり会って名前を呼ばれただけでもびっくりだったのに、まさか昨日の今日で春乃と冬哉にまで声をかけられることになるなんて。

しかもふたりとも、これまでの数年間の空白なんて存在しないかのように、平然と話しかけてきたのだ。いったいどういう風の吹き回しだろう。

まさか、昨日こっそり彼らの姿を眺めていた私に気がついていて、羨《うらや》ましがっているのかと可哀想になって、わざわざ本館まで顔を見せにきた、とか？

さすがに卑屈《ひくつ》な裏読みをしすぎだろうかと思いつつ、戸惑いのまま泳がせた視線の先で、ふたりの後ろ、少し離れたところに静かに立つ千秋を見つけた。

「おはよう、光夏」

彼は感情の読めない不思議な温度の瞳で声をかけてきた。

「……おは、よう」

かすれた声でなんとか返す。

もしかして、千秋が春乃たちを連れてきたのだろうか。昨日の私の様子が、やっぱり不自然だったとか？

「なんか、このメンバーで集まるの、久しぶりだねえ」

私の不安と焦りをよそに、春乃が微笑《ほほえ》みながらほんわかとした口調で言うと、冬哉も「だな」と歯を見せて笑った。千秋も「うん、久しぶりだ」と頷く。

黙っているのも変かと思い、私は乾いた声で「そうだね」と呟いた。

本当に久しぶりだった。いつもどんな話をしていたかも忘れてしまうくらいに。

そもそも私たち四人は、互いに性格も考え方も趣味嗜好《しゅみしこう》も、なにもかも全く違った。

冬哉は明るく快活で人当たりがよく、いつも友達の輪の中心にいて、誰にでも分け隔《へだ》てなく接する。身体を動かすのが大好きで、スポーツ全般が得意。

春乃はおっとりしていて優しくて、人の嫌がることは絶対に言わない、おしゃれで可愛らしい女の子。手芸やお菓子作りが得意で、ピアノもすごく上手い。

千秋はあまり感情を見せず、最低限のことしか話さないけれど、たまに口を開くととても真摯《しんし》で重みのあることを言う。マイペースで、自分の世界をしっかり持っている。絵や工作をしていると周りが見えなくなる芸術家肌。

ちなみに私は、いわゆる『面倒くさい優等生』タイプ。とにかく無駄に正義感が強くて、気も強くて、相手の気持ちも考えずになんでもはっきり口に出してしまう。つまりは性格がきつい、というか、性格が悪い。好きなものや得意なものは、特にない。

そんな私たちなので、小学校ではもちろん別のグループに所属していた——千秋は基本的にひとりでいた——けれど、放課後や休日になるといつも集まっていた。全然タイプが違うのに、四人でいるときにはそんなことはまったく気にならなかった。不思議な調和がとれているような感じで、妙にしっくりときていたのだ。互いに欠けている部分を補《おぎな》い合うような関係が、それぞれにとって心地よかったのだと思う。

でも、男女の境界ができただけで、私たちは空中分解した。

私たちは、四人だからこそ仲良くなれたのだ。たとえば男子同士、女子同士で見ると、同じ性別とはいえあまりにタイプが違って、四人組がばらけると、ただの同級生、のようになってしまった。

特に千秋と私は、冬哉や春乃と違って人付き合いが得意なほうではないので、用事もないのに気軽に話しかけるようなことはできなくて、最も隔たりが大きくなった。中二のときに久しぶりに同じクラスになったものの、結局一年間全く口をきくことはなかった。

そんな状態で高校生になり、今さら彼らと面と向かって話すのはどうにも気まずくて、たとえ校内で見かけたりすれ違ったりしても、私はあえて目を逸《そ》らし顔を背けて、気づかぬふりをしていたくらいだった。

それなのに、彼らは――。

「なんか昔に戻ったみたいだな」

「うん、懐かしいねえ」

冬哉の言葉に、のんびりと答える春乃、静かに頷く千秋。

彼らは至極《しごく》当たり前のように——まるで昨日もおとといも去年も、今日までずっと四人で一緒にいたかのような距離感で、私に向き合っている。

なんだか、私まで錯覚に陥りそうだった。今こうしているのが自然なことで、これからもずっとこうしているのが当然のような。

「すごく、嬉しい」

千秋が無垢《むく》な眼差しを私に向け、噛みしめるように言った。本当に心からそう思っている、という顔で。

それを見た瞬間、無理、と思った。

私は彼にそんなふうに言ってもらえるような人間ではない。昔のようになにも怖れずに真正面から三人を見つめるなんて、できるわけがない。

私はもう昔の私ではないから、彼らの知っている私ではないから、無理だ。

今の私を、彼らには、絶対に知られたくない。

私は、一度は緩みかけた唇をぐっと引き締め、視線を真下に向けた。

「ねえ、光夏ちゃん。あのね……」

春乃がなにかを言いかけたそのとき、背後から騒がしい集団が近づいてくる気配がした。

振り向かなくても分かる。〝あいつら〟だ。背筋が寒くなる。

この三人と一緒にいるのを、あいつらに見られるわけにはいかない。

「あのね、ちょっと話が――」

私は春乃の言葉を遮《さえぎ》るように軽く手を上げ、勢いよく歩き出してその横をすり抜けた。

「あっ、おい、光夏！」

「光夏ちゃん、待って！」

冬哉と春乃の声が背中に突き刺さる。反射的に振り向きそうになるのを必死に堪え、ふたりの後ろに黙って立っていた千秋の傍《かたわ》らを通り過ぎる。

すれ違いざま、囁《ささや》くような、なぜか泣きそうにも聞こえる声が、ぽつりと言った。

「光夏……」

私は顔を背けて彼の瞳から逃れ、小声で三人に「ごめん、急いでるから」と告げて、小走りに教室へと向かった。

＊

昨日と同じように、これまでと同じように、俯いたまま、ただひたすら時が過ぎるのを待つ。相変わらず、誰も私を見ないし、もちろん声をかけてくることもない。

朝礼開始のチャイムと同時に、どこで油を売っていたのか、あいつらが馬鹿笑いとともに飛び込んできた。

「イェーイ、ギリセーフ！」

「ラッキー！　オレもうすでに今月二回遅刻してるからさあ、特別指導になるとこだった」

「いやいや、今月あと二週間あんじゃん、ぜってー無理だろ！」

「それな！」

ぎゃはは、と下品な笑い声。耳を塞ぎたくなるけれど、そんなことをしたらどうなるかは目に見えているから、我慢する。

すぐに担任が入ってきて、「出欠とるぞ」とクラスを見渡した。

「えーと、欠席者は……いないな」

そのとき突然、「はいはーい！」と誰かが叫んだ。あいつらの中のひとり、リーダーの島野《しまの》の声だ。

思わず目を向けると、島野はにやにやと下卑《げび》た笑いを浮かべながら先生に向かって挙手して、やけに嬉しそうに言った。

「満永《みつなが》さんがいませーん」

心臓が氷水の中に放り込まれたように、ぎゅっと縮こまって大きく跳ねた。

まさか自分の名前が出されるなんて思ってもいなかった。クラスの人間が私の名前を口にするなんて、いつぶりだろうか。

これまでずっと、わざとらしく〝いないもの〟扱いしていたくせに、なんで急に。

いや、『いません』と言われたんだから、〝いないもの〟扱いなのは変わらないのだけれど。今までは名前さえ呼ばれず、もとから存在しない幽霊のように扱われていたのに。

他の生徒たちはざわめきながら、島野と私を見比べるように視線を送ってくる。面白がるような目、笑いを堪えるような目、どこか気まずそうな目、同情を装いつつも好奇心を隠しきれない目、特になんの感情もなく置物でも眺めるかのような無関心な目。

真っ暗な舞台袖《ぶたいそで》で息を殺していたのに、唐突に胸ぐらを掴まれて力ずくでステージ上に引きずり出され、無理やりスポットライトの中に立たされた。そんな気分だった。

「いませーん！」

島野の腰巾着《こしぎんちゃく》でお調子者の大山《おおやま》が、同じようにぎゃははと笑いながら手を挙げて叫ぶ。

「お前らなあ……悪ふざけも大概《たいがい》にしろよ。ったく……」

呆れたように肩をすくめてぼやいた先生は、一瞬私のほうを見たものの、深々とため息をついただけだった。次の瞬間には何事もなかったかのような顔で出席簿を確認している。

胸の奥のほうで、ちりちりとなにかが焦《こ》げるような感じがした。俯いてぐっと唇を噛む。

別に先生に助けてもらおうとか、救いを求めようとか、そんなことは微塵《みじん》も思っていなかった。弱みを見せるなんてまっぴらだから、事情を話すつもりもなかった。

でも、これ見よがしの嫌がらせを目《ま》の当たりにしても、こんなふうに適当に受け流されるなんて。

期待なんてしていなかったけれど、さすがに平常心ではいられない。悲しいとかつらいとかではなく、ただただ虚《むな》しくて腹が立った。

連絡事項の伝達が始まってみんなが前に向き直ったので、少し肩の力が抜ける。久しぶりに注目を浴びたせいで、身体が強張《こわば》っていた。

ふっと細く息を吐いたとき、視線を感じた。目を向けると、ふたつ隣の席に座っている吉田《よしだ》さんだった。ひどく申し訳なさそう、と表現するのがいちばんしっくりきそうな顔だ。

悪いのは吉田さんじゃないよ、という思いを込めて、私は小さく頷いて見せる。それでも彼女は重苦しい表情のままだった。

無理もないかな、と思う。私がこうなったのは、吉田さんのせいというわけではないけれど、彼女がきっかけだったといえるから。

私がクラスの〝幽霊〟になった原因は、吉田さんがあいつらから受けた仕打ちについて、私が苦言《くげん》を呈《てい》したからだった。

つまり、私の下らない正義感のせいだ。

六月のある日の昼休みのことだった。

早々に昼食を終えた島野のグループが、いつものように教室の真ん中で騒がしくふざけ合っていた。すると、島野にどつかれた大山が体勢を崩《くず》して吉田さんにぶつかり、その衝撃で彼女は手に持っていた弁当箱を床に落としてしまった。

周りにいた女子数人が悲鳴を上げた。島野たちは、床にこぼれた食べ物を慌てて拾い集める吉田さんを見て、にやにやと笑い出した。謝罪もせずに。

かちんときた私は、思わず立ち上がって彼女のもとに行き、大山たちを見上げて声を荒らげた。

『ちょっと！　ぶつかったんだから謝ってよ』

その瞬間、吉田さんが弾かれたように顔を上げた。

『いっ、いいよ、満永さん。全然大丈夫だし』

彼女は焦ったように手を振った。声も態度も大きい島野たちは、クラスのみんなから腫《は》れ物扱いをされていた。私もそれまでは、彼らの傍若無人《ぼうじゃくぶじん》なふるまいに苛立《いらだ》ちながらも黙っていたけれど、その日の出来事はさすがに見過ごせなかったのだ。

私は吉田さんの隣に腰を下ろし、玉子焼きを拾いながら言った。

『大丈夫なわけないじゃん。お弁当までこんなんなっちゃって……』

『うん、でも、ほんとに大丈夫だから』

米粒やソースで汚れた手を、彼女はそれでも微笑みながらぶんぶんと振っていた。

私の突然の非難に意表を突かれたような顔でしばらく口を閉ざしていた島野が、ふっと笑みを洩らした。

『いやいや、そいつ縦も横もでかいんだから、ちょっとくらいぶつかったって大丈夫だろ』

てっきり謝ると思っていたのに、そんな言葉が出たことが信じられなくて、私は唖《あ》然《ぜん》として彼らを見上げた。

『だよなあ。ぜってー吉田より大山のほうが軽いし、平気だろ』

自分を擁護《ようご》する仲間の言葉に、大山が両手を叩いて大笑いした。

『てゆーか吉田さ、これ以上デブったらマジやべーじゃん。もう食わないほうがいいんじゃね？』

『あはは！　それな！』

『俺はダイエットに協力してやったんだっつーの！　むしろ感謝してほしいくらいだよな』

かっと頭に血が上り、全身が熱くなった。こんなに腹が立ったのは久しぶりだ、と思った。

私は島野たちが普段から吉田さんをからかっていたのを知っていた。それでも彼女はいつもにこにこ笑って受け流しているように見えたので、苦々しく思いながらも黙っていたのだ。

でも、これはあんまりだ。こんな酷《ひど》い仕打ちを見せられて黙っているなんて、絶対にできない。許せない。そんな怒りで頭がいっぱいになった。

気がついたときには、私は大山の腕を掴んでいた。

『あんたたち、最低！　謝りなさいよ！』

大山がぎょっとしたように目を見開いた。島野は眉をひそめて『あぁ？』と凄《すご》んできたけれど、怖さよりも怒りが勝った。私は激情のままに彼らを見回し睨みつけ、

『謝りなさいよ』と繰り返した。

『今まで言ったことも、全部全部、ちゃんと謝れ！　吉田さんに謝れ！』

そう叫びながら目を落とすと、彼女はぐちゃぐちゃになったお弁当を抱えたまま俯き、かすかに肩を震わせていた。垂《た》れた髪の間から見える耳や頬は真っ赤だった。

そのときの私は、彼女が赤くなっているのは島野たちへの怒りや悔しさからだろう、と推測した。だからなんとかしてあげなきゃ、と思った。

でも今になってみれば、あれは羞恥《しゅうち》だったと分かる。私が『謝れ』と言ったことで、彼女は、自分が島野たちに馬鹿にされ傷つけられてきた現実を突きつけられてしまったのだ。きっと笑って受け流すことで見ないようにしていた、認めたくなかった現実を。

私は、失敗したのだ。彼女をかばったつもりで、実際には彼女を辱《はずかし》めてしまった。人の気持ちが分からない――自分が傷ついているという事実を他人に知られたくないという繊細《せんさい》で複雑な気持ちを理解できない人間だったから。

今の私には、あのときの彼女の気持ちが、痛いほど分かる。私の無神経な言動のせいで、島野たちに馬鹿にされて傷ついていることをクラス全員に知らしめられて、死ぬほど恥ずかしい思いをした彼女の気持ちが。

あのときの彼女の中に怒りがあったとしたら、島野たちよりも、私に対するものだっただろう。

島野たちは結局謝らず、悪態をつきながら教室から出ていった。

その日を境《さかい》に、私は彼らに疎《うと》まれ、目の敵《かたき》にされ、あからさまな嫌がらせを受けるようになった。

持ち物を汚されたり、隠されたり、捨てられたり。陰口を叩かれたり、直接暴言《ぼうげん》を吐かれたり。机を蹴《け》られたり、足を引っかけて転ばされたり。

登校したときや、移動教室や体育のあと、油性ペンで机に落書きされているのを発見したことも、何度もある。〈ウザイ〉、〈出しゃばり〉、〈カンチガイ女〉。

それだけなら、馬鹿な男子たちに絡まれて面倒だ、という程度で済んだ。でも、悪意は急速に伝播《でんぱ》していった。

まず、彼らとよく一緒に行動していた派手な女子グループが嫌がらせに加わり、おそらく彼女たちが提案したのだろう、無視が始まった。私をいないものとして扱い、わざとらしくぶつかってきたり、私の机を勝手に空《あ》き教室へと持っていったりした。不愉快《ふゆかい》な視線をちらちら送ってきては、なにかひそひそしゃべりながら笑う。

そして、その無視には、クラスの全員が参加した。私としゃべっている人がいると、島野たちが『なにひとりごと言ってんの、アタマ大丈夫？』などと言い出したからだ。

彼らに目をつけられたらどうなるのか、みんなちゃんと分かっていた。すぐに誰も話しかけてこなくなり、目も合わさなくなった。

それまでの私にはいちおう、休み時間や教室移動、昼食時間などを共にする友達がいた。出席番号が前後だったことで四月の初めに親しくなった女子ふたりだった。もちろん普通に仲良くしていたし、暇さえあればなんでもないおしゃべりをして盛り上がったりしていたけれど、いわゆる「親友」ではなかった。正直なところ、言葉は悪いけれど、たまたま席が近い同性だから仲良くなっただけの、校内限定の便宜的《べんぎてき》な友達という感じだった。たぶんあっちもそう思っていただろう。とりあえず連絡先は交換していたものの、課題や行事予定の確認といった事務的な用事以外でメッセージが送られてくることはなかったし、休日に遊びに行くような関係ではもちろんなかった。

私への嫌がらせが始まったとき、彼女たちは少し気まずそうな顔をしつつも、他のクラスメイトと同じように私から離れていった。

一学期、私は副室長をしていて、それなりに認められ、時には頼られてもいたように思う。それなのに、みんなあっけなく島野側についた。

自分が築いてきた人間関係の希薄さに原因があると分かっていたけれど、薄情な、という気持ちはやっぱり込み上げてくる。

でも、仕方がないだろうとも思う。誰もが、あいつの機嫌を損ねて次のターゲットにされては堪《たま》らない、と思っているのは明らかだった。よくある話だ。

島野は、子どものころから格闘技を習っていたとかで、よく自慢げに話していた。実際、見るからに力が強そうで身体も大きい。自分は強いのだと言葉でも態度でも誇《こ》示《じ》する。彼の腰巾着《こしぎんちゃく》たちも、その威《い》を借りて偉そうに振る舞っていた。教室ではいつも、自分たちしかいないと思ってるんじゃないか、と疑ってしまうほどの大声で騒いでいて、立てる物音もいちいち大きい。それに反応して眉をひそめるような人がいると、途端に険しい顔で『なんか言いたいことあんのか？』と凄む。だから他の生徒たちは気にしていない振りをするしかない。子どもじみた恐怖政治みたいなものだ。みんな本気で恐れているというよりは、面倒なやつらと関わり合いになりたくないから知らん振りしておこう、と考えているのだろう。

　そうやって、島野たちが始めた私への嫌がらせは、集団無視という形でクラス中に浸透し、私は幽霊になった。

　いじめ、という言葉は、使いたくない。自分が『いじめられている』なんて、認めたくない。でも、客観的に見ればこれはいじめと呼ばれる状態なのだろう。

　本当に、下らない。自分たちの痛いところを突かれたからって逆恨《さかうら》みするなんて、あいつらはあまりに幼稚だ。新しい楽しみを見つけたとばかりに嬉々《きき》として加担し始めたあの女子たちも。見て見ぬ振りをするクラスメイトたちは、しょうがないとしても。

　でも、別に、どうってことない。全然平気だ。

　私は強いから、ひとりでも全く大丈夫な人間だから、こんなことで不必要に傷つけられたりはしない。あんなやつらなんかに傷つけられたりしない。

それを行動として表すために、私はここまで、意地でも学校を休まずにきた。休んだら負けだ。落ち込んでいる、傷ついているのだと思われるだろう。それは島野たちをさぞかしいい気分にさせるだろう。それだけは嫌だった。たとえどんな目に遭《あ》おうと、どんな思いをしようと、あいつらのために休むなんて、私は絶対にしたくないのだ。

平気だということを、行動で示す。

それが今の私にできる精いっぱいの反撃だから。

＊

今日もまた、誰とも話さず、口を開くこともなく一日が終わった。

放課後の始まりを知らせるチャイムとともに、ひっそりと教室を出る。

そのまま靴箱に向かいかけて、そういえば今日が提出期限の世界史の課題があった、と思い出した。列の後ろから回収するとき、当然のように私だけ飛ばされてしまったので、自分で直接持っていかなければならないのだ。いつものことだ。

四階まで上がって社会科準備室前の提出箱にノートを入れ、階段を下りようと歩き始めたとき、話し声のようなものがかすかに聞こえてきた。

無意識にそちらへ目が向く。廊下のずっと奥、いちばん端の空き教室の照明がついているらしく、明かりが洩れていた。普段はほとんどひとけのない場所だ。

なんとなく気になって、踵を返す。ちょっと覗いて確認してみようと思ったのは、たまに先生たちの目の届かない場所で喫煙《きつえん》などの良からぬことをしている連中がいる、と聞いたことがあったからだ。

もしそうなら見過ごせない、と考えて足を動かしつつも、馬鹿だなあ私、と自分に呆れる。

誰がなにをしていようと、自分に直接迷惑がかかるわけじゃないのだから、放っておけばいいのだ。島野たちの件で痛い目に遭って思い知らされたはずなのに、性懲《しょうこ》りもなく自己満足の正義感を発揮して、自分から首を突っ込んで。本当に馬鹿だ。

でも、気になってしまったからには確認してみないと、すっきりしないし落ち着かない。とりあえずちらっと見てみるだけ、どうするかはあとから考えればいい。

自分に言い聞かせながらそっと覗き込んだ瞬間、思わず声を上げそうになった。

千秋と春乃と冬哉がいた。教室の端のほうで机を固め、肩を寄せ合うようにしてなにか話し込んでいる。

こんなところでなにをしているのだろう。気づかれたら面倒だと思いつつも、疑念が勝ってしまい聞き耳を立てる。

「……だもんね。やっぱり……ってことかな」

「かもな。……に……があって……」

「どうして……なんか、したんだろう……」

切れ切れに聞こえてくる、三人の会話。内緒話のように声をひそめているので、その内容はほとんど聞き取れなかった。

「まあ、それはさておき、計画を……」

「……とかは？」

「うーん……性格的に……」

「じゃあ、……っていうのは？」

「それ、いいかも。でも……」

いったいなんの話をしているのか、三人ともやけに深刻そうな表情だ。

彼らの姿を見ていて、昔のことをふと思い出した。子どものころ、原っぱの片隅《かたすみ》に四人で作った秘密基地。一メートル四方ほどしかない狭い中で、膝《ひざ》を突き合わせるようにして『次はなにをして遊ぼうか』と真剣に作戦会議をしていたこと。

四人でいればいつだって楽しくて、馬鹿みたいにいつも大笑いしていた気がする。

思い出補正、というやつかもしれないけれど。

きっとあのときの私たちは外から見ればこういうふうだったんだろうな、と思いながら、三人をぼんやりと眺める。

昔はいつも四人だった。あの中に、私もいたのだ。

でも、今となってはまるで夢か幻《まぼろし》のようだった。もう戻れない。だって、千秋も春乃も冬哉も、すごく遠い。私は彼らからこんなにも遠く離れてしまった。こんな情けない自分なんて、彼らにだけは見られたくない。

「……かなあ。うーん……」

春乃が両頬に手を当ててうなだれ、冬哉は髪をくしゃりとつかみながら頷く。

「やっぱ……行ったほうがいいよな」

「うん、私も……思う」

ふたりがそう言ったとき、

「ちょっと待って」

それまで黙っていた千秋が、突然口を開いた。

「俺は……ないところで、……べきじゃないと思う」

「……そうか。理由……いいか？」

「うん……だろうから」

冬哉の言葉に答えた千秋が、急にぱっと顔を上げ、視線を泳がせた。そして、ふいにその目がこちらへ向く。

「あ」

「あ」

私と千秋の声が重なる。怪訝《けげん》そうに振り向いた春乃が、目を丸くした。

「あっ、光夏ちゃんだ！」

ああ、見つかってしまった。私はがっくりと肩を落とし、俯いて「どうも……」と言った。

三人が席を立ち、目の前までやってくる。

「おー、偶然だな、光夏」

冬哉は軽く手を上げて私に言うと、振り向いて千秋と春乃を見た。

「今、いいよな？」

どういう意味か分からないけれど、彼はふたりになにかを確認するように訊ねる。

「うん」

「もちろん」

千秋と春乃が頷くと、冬哉はにこりと笑って私を手招きした。

「せっかくだから、光夏も入らない？」

「えっ？」

まさかそんな話になるなんて予想もしていなかったから、声が裏返るほど驚いてしまった。

「えっ、いや、なんで？　なんで私が……。三人でなにか話してたんでしょ？」

「いや、でも、光夏にも相談したくて」

「相談!?」

さらに声が裏返る。もう何年も話してすらいなかった私に、なんの相談があると言うのだろう。恋愛？　進路？　どちらにせよ、私には的確なアドバイスなんてできない。色恋沙汰《いろこいざた》も将来の展望も、今の私には考える余裕なんてないのだ。

「いや、あの……」

なんと言って断ろう、と考えたものの、なにも思いつかなくて、適当な嘘《うそ》をつく。

「……用事があって急いでるから、悪いけど、他を当たってくれる？」

じゃあね、と立ち去ろうとした瞬間、後ろから強く腕を引かれた。

驚いて振り向くと、千秋が私の手首を握っている。

「千秋……？」

彼はゆっくりと瞬《まばた》きをしてから、掴んだ手を見下ろし、ふうっと息を吐き出しておもむろに顔を上げた。その拍子に、長い前髪がさらりと揺れ、隙間から現れた双眸《そうぼう》がまっすぐに私を射る。心を覗き込み、奥深くまで見透かそうとしているように、私には思えた。

「光夏」

ひどく静かなのに、眩しいほどにきらきらと輝く、星月夜みたいな瞳。

星は空気が澄んでいるときほどくっきり美しく見えると言うけれど、千秋の目がこんなに綺麗なのも、その心が誰よりも純粋で透明で澄みきっているからなのだろうか。

「ごめん……光夏」

彼がぽつりと呟いた。

「え……」

なぜ謝るのだろう。言葉もなく見つめていると、千秋の手がぎゅっと私の手を握り、それからそっと離れた。

「……痛かった？」

ああ、それを心配していたのか。相変わらずだな、千秋は。

そう思うと、自然と口許が緩んだ。久しぶりの感覚だ。

「ううん、大丈夫。痛くない」

「……よかった」

千秋がほっと息をつく。

彼がこんなふうに力ずくの行動に出るのは珍しいと思った。周りでなにが起ころうといつも静かに動向を見守っているタイプなのに。私の知っているころと変わっていないとすれば、だけど。

「……どうしたの？」

だから、思わず訊ねてしまった。千秋がこんなことをするなんて、いったいどんな事情があるんだろう、と気になってしまったのだ。

千秋はじっと私を見つめ、ふたつ瞬《まばた》きをしてから、ふいに口を開いた。

「サークルを、作ろうと思ってて……」

「……は⁉」

想像もしなかった単語が飛び出してきて、私は目を瞠《みは》った。

すると春乃と冬哉も大きく頷きながら「そうそう！」と声を上げた。

「サークル！　楽しそうじゃない？」

「そういうのあったら、高校生活、充実しそうだなーって」

言葉を失う。やけに真剣な顔をして話し込んでいたから、なにか深刻な問題を抱えているのだろうと思ったのに、予想に反してずいぶん呑気《のんき》な話をしていたらしい。

「でも、どうやったら作れるのか分かんなくて、難しいねーって」

「そうなんだよ。だから、しっかり者の光夏に相談に乗ってほしいというか、仲間に入ってほしいというか」

どうしてそうなる、と突っ込みたい気持ちを必死に堪えて、「いやいや」と首を振った。

「私だってサークルの作り方なんて知らないし、無理だよ」

「でもほら、光夏ちゃんは賢いから、一緒に考えてほしいなーなんて」

のほほんと言う春乃の言葉に、私は俯いてぐっと唇を噛みしめた。

私は賢くなんかない。本当に賢かったら、あんな失敗をして、こんな情けない状況になんかなっていなかったはずだ。馬鹿だから失敗したのだ。

「……ごめん。私には、無理。できな――」

「光夏」

静かな声が鼓膜《こまく》を震わせた。千秋の声だった。ゆっくりと目を上げる。

子どものころと少しも変わらない、無垢な瞳が私を見つめていた。昔は、この綺麗な瞳を宝物のように大切に思っていた。でも今は、この目には映りたくない、という気持ちでいっぱいだった。

「一緒にやろうよ」

口下手な千秋は、いつもひどく簡潔に、伝えたい要件だけを言葉にする。お世辞も社交辞令も言わない。彼の口はいつだってまっすぐに本心だけを語る。

それをよく知っているのに、それでも私が彼の誘いをまっすぐに受け取って心から喜べないのは、みんなが、変わってしまった私を知らずに、〝あのころの私〟に声をかけているのだと分かっているからだ。彼らの目にはきっと、昔と変わらない優等生の私の幻影が映っているから。

「……そう言ってくれるのは嬉しいんだけど、今の、私には……」

顔を背けてぼそぼそと答える私の声を遮るように、千秋が「でも」と声を上げた。彼らしくない、ひどく強い口調で。

驚いて目を向けると、また、透き通った眼差しにぶつかった。

寡黙《かもく》な唇が開いて、「俺は」と囁くように言う。

「光夏に、一緒にいてほしい」

息が止まるかと思った。

時間が一気に巻き戻されたような感覚と、金色に輝く雪がはらはらと舞い落ちてくる幻覚に包まれる。

「俺と一緒にいて、光夏」

懇願《こんがん》するような声音に、胸がぎゅうっと苦しくなる。

でも、だめだ。無理なんだ。

私はきつく目をつぶり、金色の雪の幻影を頭から追い出した。

「……なに言ってんの」

低く、冷たい声できっぱりと告げる。

「私はもう千秋たちと一緒にいたくないから」

ごめん、と心の中だけで謝る。傷つけてしまうのを分かっていて、こんな言い方を選んだ。どういうつもりか分からないけれど、わざわざ私に声をかけてくれたのに、あえてきつい言葉を叩きつけた。

でも、こうでもしないと彼らは諦めてくれないだろう。私にとっても三人にとっても、もう関わらないほうがいい。

「じゃ、そういうことだから……」

言いかけたとき、千秋が再び「でも」と遮った。

「それでも俺は、光夏と一緒にいたい」

すぐには答えられなくて、私はただ彼を見つめ返す。少しも揺らいでいない瞳の奥に、なぜだろう、青白い炎が燃えているように思えた。直視できなくて目を逸らす。

「……私といたって、いいことないよ」

そう口にしてから、重すぎただろうかと不安になって、冗談だと思ってもらえるよう、はは、と乾いた笑いを取ってつける。

「私なんかいないほうが……三人のほうが、きっと楽しいと思うよ。……だから、もう、私のことなんか忘れて――」

「忘れるなんて、できるわけないだろ」

千秋が発したとは思えないくらい、強い声だった。あの千秋が怒ったのかと驚いて見つめ返したけれど、彼の目はむしろ、苦しげに細められていた。

「光夏を、忘れるなんて……」

「……それでも、忘れて」

私はまた笑みを貼りつけて、「じゃあね」と彼らに背を向けた。

春乃と冬哉が呼び止める声がしたけれど、聞こえないふりをする。

まっすぐすぎる視線が、いつまでも背中に突き刺さっているような気がした。

三章　遠花火《とおはなび》

＊

「光夏」

私が校門をくぐった瞬間、待ちかまえるように立っていた千秋がぱっと顔を輝かせ、こちらへ駆け寄ってきた。

「おはよう、光夏」

「……おはよう」

私はため息をついて挨拶を返す。

「待ってるのやめてって言ったのに……」

「でも、待ちたいから。どうしても光夏をいちばんに出迎えたくて」

千秋は当たり前のように微笑んで答える。勝手に小さく音を立てた胸を、私はブラウスの上からぎゅっと押さえた。

どうしていきなりそんなことを言うのだろう。何年も関わっていなかったのに、急にどうして。わけが分からない。

「なんで――」

「おっはよー、光夏ちゃん」

後ろから春乃の明るい声が聞こえてきた。私は前を向いたまま、ふうっと深く息を吐き、背中で「おはよ」と呟く。

「よー、光夏！」

彼女と一緒に登校してきたらしい冬哉も、朝いちばんとは思えない爽やかな声を投げかけてくる。

「おはよう……」

私の声は、彼らとは対照的に小さくかすれていた。

「今日もいい天気だね」

目も見ずに答えたのに、春乃は気にするふうもなく、いつものようにのんびりと空を見上げて言う。

「暑くなりそうだねえ。もう秋のはずなのにね」

ああ、とも、んん、ともつかない声で、私はそっけなく相づちを打った。

昔のように四人で肩を並べて歩く。でも、申し訳ないけれど、私にとっては違和感と居心地の悪さしかない。

居たたまれなさに歩調を速めたものの、三人は足早についてくる。もう、いい加減にしてほしい。

あれから三日。彼らは懲りずに毎日私の前に現れては、謎《なぞ》のサークル活動に勧誘してくる。そのたびにはっきりと断っているのに、なぜか全く諦《あきら》める気配がない。

「絶対楽しいと思うんだよね。光夏ちゃん部活入ってないでしょ？　せっかくなら、みんなでサークルやって青春を謳歌《おうか》しようよ！」

「おう、絶対楽しいと思うぞ、俺も！」

春乃と冬哉が、何度目かも分からない説得をしてきた。千秋まで、

「サークルって、なんか、大学生みたいで、憧《あこが》れの響きだよね」

などと、らしくもなく積極的に口を挟んでくる。

「そう？　私はちっとも憧れないけど……」

「キャンパスライフといえばサークルじゃん！」

冬哉の言葉に、私は「そうかなあ？」と首を傾げた。それでも春乃は「そうだよそうだよー」とこくこく頷く。

「私たちだけだとつまずいちゃいそうだから、光夏ちゃんに協力してほしいなあ。私は馬鹿だし、冬哉は飽きっぽいし、千秋くんは超マイペースだし、絶対途中でだめになっちゃうもん」

彼女がうなだれて言うので、私は「そんなことないでしょ」と首を振った。

「春乃はちゃんと周りが見えてて気を遣えて、全然馬鹿なんかじゃないよ。冬哉はずっとサッカー続けてるんでしょ、飽きっぽかったら無理だよ。千秋は――」

私はちらりと隣に視線を投げて言葉を探し、諦めた。

「……千秋は確かに超マイペースだけど」

「え、俺はフォローしてくれないの？」

千秋がショックを受けたような顔をした。春乃と冬哉が噴き出し、あははと声を上げて笑うと、彼もくすりと笑みを洩らす。

こうしていると、なんだか本当に昔に戻ったみたいな気がしてくる。錯覚だけど。昔になんて戻れないけど。

「ていうか、サークルサークルって言ってるけど、いったいなんのサークルなの？」

錯覚に陥ったせいか、私は自分から話題を広げてしまった。案の定《じょう》、冬哉がにやりと笑う。

「おっ、光夏が食いついた。ちょっとは心が動いたか!?」

「いや、別に。ただ気になっただけ」

即座に否定したけれど、冬哉はめげずに、待ってましたとばかりに声を張り上げた。

「俺たちのサークルは、四季を愛《め》でる会、その名も『FOUR SEASONS《フォーシーズンズ》』！」

「……はい？」

私は呆気にとられた。なんだ、四季を愛でる会って。老人サークルじゃないんだから。しかもFOUR SEASONSって。バンド名か。

ただ、彼らの思考回路は理解できる。私たちは昔、『劇団四季』という呼び名を気に入って、勝手に自分たちのチーム名として使っていたのだ。そういえば、秘密基地にも看板を立てたりしていた。言い出しっぺは私だ。思い出しただけで恥ずかしい。黒歴史ってやつだ。その流れで、こんなネーミングを思いついたのだろう。

私は肩をすくめた。

「なにそのサークル名……さらに入る気なくした」

「ってことは、ちょっとは入る気があったってこと？」

突き放すつもりで言ったのに、千秋がそんな返しをしてきたので、度肝《どぎも》を抜かれてしまった。

「千秋ってそんなポジティブ思考だったっけ……？」

なんだか、この三人と話していると、全身からどんどん力が抜けていく感じがする。でも、ちょっとだけ息がしやすいように思えるのは、気のせいだろうか。

「ていうか、なにするの？　そのサークル……四季を愛でる会って……」

完全に毒気《どくけ》を抜かれてしまって、気になっていたことを素直に質問すると、冬哉が「よくぞ訊いてくれました」と笑った。

「こう、四季折々《おりおり》にな、季節を愛でて……」

腕組みをして満足げに語る彼を見ながら、ずいぶんぼんやりした活動方針だな、と呆れ顔をすると、春乃が「そうそう！」と頷いて援護射撃《えんごしゃげき》を始めた。

「春はお花見行こう！　私お弁当作るよ。花見団子と桜餅《さくらもち》食べてー、いちご狩りも！　あ、菜の花とチューリップも見に行きたいなー」

指折りしながら嬉しそうに言う彼女に、冬哉が続いた。

「夏はやっぱ祭りだよな、かき氷食って花火見てー。あとは海行って泳いでー、海の家で焼きそばとカレー食って。家でアイス食って昼寝も最高に幸せだよなー」

千秋もこくこくと頷いて後を引き継ぐ。

「秋はお月見、天の川、紅葉《もみじ》狩り、ぶどう狩り……」

「しぶいなー、さすが千秋」

「たしかに……じゃあ、あ、プラネタリウム、バーベキュー、ハロウィンとか……」

「いいね、楽しそう！」

「冬はスキーとスノボだろー、イルミネーションと、あとクリスマスパーティー！で、正月はこたつで鍋食ってみかん食ってそのままうたた寝！」

私ははあっと息を吐く。

「ただ遊んで食っちゃ寝するだけじゃん……。ていうかそれ絶対、今考えたでしょ」

すると千秋がおかしそうにくっと喉《のど》を鳴らし、「まあ」と口を開いた。

「活動内容は、なんでもいいんだ。四人で一緒にいられるなら」

私は思わず目を見開いた。四人で一緒に、って。

「私まだ入るなんてひと言も言ってないのに。サークル名もFOURって勝手に入っちゃってるし……」

千秋が私の顔を覗き込むようにすっと上半身を屈《かが》め、首を傾けた。

「だって、四人じゃないと変だから」

いつの間に彼はこんなに背が高くなったんだろう。小学生のころは私と同じか、少し低いくらいだったのに。なぜだか気まずくなって、目を逸らす。

「……別に変じゃないよ。幼馴染なんて、大きくなったらばらばらになるのが普通でしょ。千秋たちは三人で仲良くすればいいけど、私はもう……違うから」

彼らの屈託のない明るさは、今の私には眩しすぎるのだ。だから、やっぱりサークルなんて入らない。そう続けようとしたとき、冬哉が「つーかさ」と声を上げた。

「光夏、やっぱり今でも俺たちのことちゃんと見ててくれてるんだな」

私は「は？」と目を丸くする。

「そんなわけないじゃん。コースも校舎も別だし、たまに遠くから見かけるくらいで――」

「だって、じゃないと、俺がまだサッカー続けてるなんて分からないだろ？」

冬哉がにっと笑った。私は一瞬言葉を失い、「それは、ただ」と呟く。

「たまたま街でユニフォーム着てるの見ただけだし……」

「へーえ、ふうん？」

「……………」

「光夏ちゃんて、ちっちゃいころ、いっつも私たちのこと気をつけて見ててくれたよね。私、よくからかわれたりしてたけど、光夏ちゃんはいつもすぐ気づいて駆けつけてくれた」

春乃がにこにこしながら言った。冬哉が続ける。

「俺なんかすぐ調子乗ってケンカしたりイタズラしたりして、よく光夏に怒られたよなあ。でも止めてもらわなかったら、もっと大事《おおごと》になってただろうな」

「うん。俺たちは、いつも光夏に助けられてた。すごく助けられてた」

千秋が深く頷きながら、きっぱりと言った。

でも私は、どんな顔をすればいいか分からなくて、俯くことしかできない。そんなことを今さら言われたって、困る。

そのとき本館の生徒玄関が見えてきて、ほっとした。三人とはここでお別れだ。

「じゃ、私、単語テストの勉強したいから、行くね」

私は三人に手を振り、玄関へと続く階段に足を向けた。

そのとき春乃が突然、「光夏ちゃん」と私の手を握った。

「ねえねえ、今日みんなで一緒に帰らない？」

私は一瞬目を見開いてから、静かに首を振る。

「ええと、用事が、あるから……」

ちらりと三人を見ると、誰ひとり納得の表情は浮かべていなかった。

「ていうか、帰りは毎日、あの……」

口から出まかせでなんとかやり過ごそうとすると、千秋が「光夏」と私を呼んだ。

「俺、光夏と一緒に帰りたい。帰ろうよ」

喉の奥がぐっと苦しくなる。なんとか細く息を吐いて、私は首を振った。

「……ごめん」

そのまま三人の視線から逃れて、振り向かずに階段を駆け上がった。

＊

教室で机に突っ伏して目を閉じていると、そんなつもりはないのに、昔の思い出が勝手に甦《よみがえ》ってきた。

あのころの私は、今思えば本当に馬鹿だった。

自分は人よりしっかりしていて、正義感があって、責任感もあって、リーダーシップがあると自負《じふ》していた。ほとんど毎学期クラス委員をして、話し合いのときは積極的に前に出て、まとめ役をしていた。陰《かげ》で嫌味《いやみ》まじりに『仕切り屋』と言われていることも知っていたけれど、『できる人がやらなきゃ、まとまらないでしょ』などと偉そうなことを考えていた。

千秋たちといるときも同じだった。自分が中心になってその日の遊びを決めたり、役割分担をしたり、時間配分を決めたり、とにかくなにかにつけて私が取り仕切っていた。

ちょっと天然な春乃と、一見無愛想《ぶあいそ》な千秋は、周りから誤解されることも多かった。それを解消してふたりを守るのも自分の役目だと気負い、無責任な噂話《うわさばなし》をしている人の中に乗り込んで、彼らがどんなに優しくていい子なのかを語って聞かせたりもしていた。

つまり、頼まれてもいないのに、あちこちで出しゃばってばかりいたのだ。思い出すだけで恥ずかしくなる。

でも、昔の私は、そんな自分をなかなか気に入っていた。生意気な子どもだと我ながら思うけれど、自分こそがやらなくちゃ、自分こそが戦わなきゃ、自分こそが守らなきゃ、と本気で思っていた。

そんな〝強くて正しい理想の自分〟に、当時はそれなりに近づけていたと思う。たとえ自己満足だとしても。

だから私の中では、あのころの記憶は、遠くで音もなく光る小さな花火のようなものだ。決して近づけない、触れられない、失われた輝き。

考えごとばかりしているうちに、いつの間にか午前中の授業が終わり、昼休みに入った教室がざわめき出していた。

みんなが楽しげにお弁当を広げておしゃべりに興《きょう》じるこの時間は、嫌がらせが始まってから最も居心地の悪い時間になっている。

私はのろのろと腰を上げ、とりあえずトイレにでも行こうかと出入り口に向かった。ドアの前には女子の集団がたむろして、他のクラスの女子と笑い合っている。このままでは通れない。

「ちょっとごめん、通らせて」

小さく言ってみたけれど、当然ながら誰ひとり反応せず、動きもしなかった。そりゃそうか、と自嘲的《じちょうてき》な笑みを浮かべながら、私は彼女たちの隙間を縫《ぬ》うようにしてドアをすり抜けた。

やっぱり、嫌だ。千秋たちに、こんな状況に陥っている今の私を、決して知られたくない。クラス中から無視されて、一日中ただ不様に俯いている私を見られるのは、恥ずかしくて堪らない。

せめてあの三人の前でだけは、昔のままの私でいたい。幼馴染たちの心の中だけでも、あのころの私の面影を残しておいてほしい。

特に、いつも私のことを「光夏はすごいね」と言ってくれていた千秋の中では。

だから、サークルなんて入れるわけがない。共に過ごす時間が増えたら、共通の知り合いから私の話が出るかもしれない。そうなったらきっとばれてしまう。

一度分かれた道は、もう二度と交わることはないのだ。

＊

二度と交わることはない——と強く思っているのに、だからあんなにそっけない対応をしたのに、なぜだか彼らはそれでも毎日毎日私のもとへやってきた。むしろどんどん頻繁《ひんぱん》になっていった。
朝は学校に着いた瞬間から三人で私を取り囲み、朝学習が始まる寸前まで、たわいのない世間話を持ちかけてくる。放課後も、彼らのほうが終礼が早いのをいいことに、私のクラスが終わるのを待ち受けている。いくら逃げようとしても、さすがに三人相手ではどうにもならない。春乃が私の腕をがっちりホールドして、冬哉と千秋が前後を固める。そしてそのまま、彼らの溜まり場となっているらしい裏庭へと連行されるのだ。

なし崩しで付き合わされているうちに、いつの間にか放課後を彼らと過ごすのが当たり前のようになってしまった。

裏庭は学校の敷地のいちばん奥、別館の裏手にあり、基本的に生徒が訪れることはないというのも、少し私の気を緩ませた理由だった。ここなら誰にも見られない、という安心感から、少しくらいなら彼らのサークル活動とやらに付き合っても大丈夫かな、と思ったのだ。

今日も彼らに引きずられるようにして、まずは紙パックの自動販売機でそれぞれに好きなジュースを買い込み、それから裏庭に移動して古い木製のテーブルとベンチに陣取《じんど》った。

春乃がいちごミルクをひと口飲んで、ふいに「今日ねー」と眉を下げる。

「数Iの授業で当てられちゃって、いちおう予習してたんだけど、分かんなくて空欄にしてたのが何問かあってね」

「ほう、それが当たっちゃったわけか」

レモンティーのストローをくわえながら冬哉が言うと、彼女は「そうなの！」とさらに眉を下げた。

「ぜんっぜん答えられなくてね、先生に『超基本問題だぞ』って呆れられちゃった。数学はやっぱり苦手だよー、一学期も赤点ぎりぎりだったし……」

春乃は「はああ」とため息をついて頭を抱《かか》える。そういえば彼女は小学生のときも算数が苦手だった。

「冬哉が教えてあげればいいんじゃない？」

確か彼は得意だったはずだと思い、オレンジジュースのパックをたたみながらそう言うと、二人は同時に苦い顔をした。

「いや、それがさあ！　俺も前に教えてやろうと思ってやってみたんだけどさ」

「冬哉ってば、教えるのめっちゃ下手なの！」

「いやだって春乃、わけ分かんねえとこで引っかかってんだもん！」

「ほらー、自分が得意だから、できない人の気持ちを理解できないんだよ！」

お互いに嫌そうな表情をしながらも、安心して軽口を叩ける親密さを感じた。

ふたりは今でもこんなに距離が近いんだな、と何気なく思ってから、ふと動きを止める。今まで全く気がつかなかったけれど、もしかしたら付き合っているのかもしれない。

自分の推測に驚きを隠せず、思わず春乃と冬哉を見比べる。すると私の視線に気づいた彼女はなぜか、ぴっと背筋を伸ばし、気まずそうな顔で「ごめん」と呟いた。

「ごめんね、こんなときに……」

「え、どういう意味……なんで謝るの？」

彼女の言葉の意図が分からず、怪訝に思って首を傾げると、春乃はふふふと笑って「ううん、なんでもない」と首を振った。

「そう？　ならいいけど」

彼女は昔から天然でちょっと不思議ちゃんで、ひとりだけ人とずれたことを考えていることがよくあった。きっと今も、私には理解の及ばないことを考えているのだろう。

「そういえば、このサークルって、いつから正式に活動開始するの？」

ふと気になっていたことを口にしてみると、三人が「えっ？」と目を丸くして同時に私を見た。私も動揺して「えっ？」と声を上げる。なにかおかしいことを言っただろうか。

千秋がカフェオレのパックを口から離し、ぱちぱちと瞬きをして、

「もうしてる……つもりだった」

と遠慮がちに答えた。

「え、もうしてるって？　サークル活動を？」

「うん……。だって毎日集まってるし」

「………」

集まってるだけじゃん、と心の中で突っ込みを入れる。私たちは本当に、毎日ただ

ベンチに座ってとりとめのないおしゃべりをしているだけなのだ。

「え、でも、あれでしょ？　四季を愛でる会、でしょ？　それっぽいこと、なんにもしてなくない？」

おそるおそる訊ねると、冬哉が「確かに」と腕組みをして頷いた。

「とりあえず集まったらサークルだと思ってた……」

春乃が心底驚いたという顔で呟く。千秋は「確かになんにもしてないな」と小さく笑った。

「えー？　なにかないの？　いつまでになにをするとか、なにか作るとか」

呆れ返って訊ねると、三人ともへらりと笑った。

「へへへ……ないね」

「ないな」

「うん、ない」

私はがっくりと肩を落とす。

「どういうことよ……。そもそも、どういう目的でこのサークル作ったの？　今まで一回もそれらしい活動してるの見たことないんだけど」

「えー、いやまあ、主な目的としては、放課後ライフを充実させる、的な」

「季節、関係ないじゃん」

「でもでも、このメンバーなら、やっぱり四季でしょ！」

そういえばこの三人は、昔からこんな感じだった。

なんでも全力で楽しむけれど、自分から提案するのはあまり得意ではない冬哉。

いつも微笑みを浮かべたまま流れに任せて、みんなに合わせる自然体の春乃。

とにかくマイペースで、周りが話し合うのを静観し、方針が決まったら素直に動く千秋。

彼らはみんな控えめで優しくて、我《が》を通すということが本当になくて、だからこそ誰かが決めないといけないのだ。

「しょうがないなあ……。じゃあ、私が考えるよ」

私はため息をつきながら言った。

「せっかくサークルやるんなら、ちゃんとやらなきゃ。なにか目標を立てて、達成できるように計画的に進めて……」

ふいに、千秋がくすりと笑った。

「え……なに？　私なんか変なこと言った？」

不安が込み上げてきて訊ねる。でも彼は、「ううん」と首を振った。

「そうじゃないよ。やっぱり光夏だな、と思って」

「え……？」

私は瞬きをして千秋を見つめ返す。彼はふわりと笑った。

「そういうふうに、てきぱき決めていくの、すごく光夏らしいなと思って」

返答に困って、私は小さく唾《つば》を呑み込んだ。

「光夏はやっぱり光夏だ。そう思ったんだ。それが俺はすごく嬉しい」

どういう意味、と反射的に訊き返しそうになったけれど、口をつぐんだ。きっと今の私にとっては針のように痛い答えだろう。

「俺ら、目標なんて全く考えてもなかったもんな」

へへっと笑いながら冬哉が言った。

「……なにかあったほうがいいよ、絶対。じゃないと中だるみして、最悪、サークルが自然消滅しちゃうでしょ」

さっきよりもトーンを落として答える。

ふ、と吐息《といき》が洩れる音がした。見ると、千秋が今度は妙に嬉しそうな顔をしている。

「……どうしたの？」

「光夏は自然消滅したら嫌なんだ？」

少し悪戯《いたずら》っぽく訊ねられて、はっとした。

「いや、別に……そういうわけじゃ」

「相変わらず優しいね、光夏は」

千秋の穏やかな微笑みが、胸に突き刺さる。

「……そんなことないよ」

私は全然優しくない。思いやりが足りなくて、人の気持ちが分からないから、こんな状況になっているのだ。

「優しくなんかないよ……ただの自己満足。出しゃばってるだけ……」

でも、こんなふうに自分を卑下するようなことを、昔の私だったら決して言わなかったようなことを口にしたら、変に深読みをされてしまうかもしれない、という危惧から言葉は囁《ささや》きになる。

千秋が「え?」と訊き返してきたけれど、私は「なにも」と答えた。

油断してた。気を引きしめなきゃ。

彼らには――彼にだけは、絶対に知られてはいけない。完璧に隠し通すのだ。ひとつの言葉にも細心《さいしん》の注意を払え。

平静を装うために、何気ないふうで空を見上げる。

裏庭の真ん中には、四階建ての校舎よりもずっと背の高い、大きな大きな銀杏《いちょう》の木が植えられていた。目を落とすと、青々とした梢《こずえ》の隙間を通り抜けてくる白い木洩《こ》れ陽《び》が、複雑な網目模様《あみめもよう》で地面を彩っている。

秋になるとこの銀杏の葉は、全て鮮やかな黄色に染まるのだろう。そのころにも私は、まだ今と同じような状況なのだろうか。きっとそうだろう。たぶん、クラス替えがあるまで変わらない。来年もあいつらと同じクラスだったら、来年も変わらないだろう。もしかしたら再来年も。

どくどくと胸が早鐘《はやがね》を打つ。

どうでもいいじゃないか。あんなやつらが私になにをしようが、どうでもいい。やりたいなら勝手にやればいい。自分にそう言い聞かせ、私はなんとか心を静めた。

「……とりあえず！」

私は気を取り直すように、少し大きな声で言った。

「来月の文化祭で、なにかサークルの活動発表とか展示とかできないか、先生にかけあってみよう」

「発表！　展示！」

「なんか楽しそうー」

冬哉と春乃が目を輝かせてぱちぱちと手を叩く。

「いいね。時期も決まってて動きやすいし、さすが光夏」

千秋もそう言って微笑んだ。

さすが光夏、という言葉は、久しぶりに言われた。小学校のときも中学校のときもよく言われていて、私はそれを正面から受け取り、褒《ほ》められているのだと少しいい気分になっていたと思う。

今となっては、さすが、なんて言葉は、耳に痛いだけだ。自分がそんなに優れた人間ではないと、分かってしまったから。

いつだってクラスの中心にいて、行事のたびに先頭を切って動いていた私は、今やクラスの幽霊になって教室の片隅で息を殺している。

つまり、私はそういう人間だということだ。

*

思い立ったが吉日《きちじつ》、と冬哉が言うので、帰る前にみんなで職員室へと向かった。

「先生、お忙しいところすみません」

いちばんに生徒会担当の先生に声をかけたのは、意外にも千秋だった。

昔の習慣で、自分が代表して交渉しようと思っていた私は、思わず彼を見上げる。

こういうときに進んで前に出るタイプでは絶対になかったのに、この数年でなにがあったんだろう、と驚きを隠せない。

「あの、文化祭で、このメンバーで展示か発表をしたいんですけど、どうすればいいですか？」

千秋が言うと、先生が少し首を傾げて答えた。

「ええと、有志発表ってことかしら」

「はい。四季を愛でる会、フォーシーズンズっていうサークルを立ち上げたので、発表の機会が欲しいなと思って。たぶん展示になるかなと思うんですけど」

こっぱずかしいサークル名を真顔でさらりと言ってのける千秋。さすがだなと声に出さずに感心する。

「そうなの？　面白そうね。ただ、有志発表の団体登録は先週が締め切りだったんだけど……」

「え、そうなんですか？」

思わず声を上げると、春乃も「そうなんですか」と残念そうに呟いて、困ったような顔で私を見た。

「ね……締め切り過ぎちゃってるのか……」

朝礼のときはいつも気配を殺すことばかり考えているので、どうやら連絡を聞き逃《のが》してしまったらしく、全く知らなかった。募集されていたことすら記憶にない。

「あの、それって、もう、どうにもならない感じですか？」

ここまで来て簡単には諦められなくて、思わず粘《ねば》ってしまった。千秋も同じだったらしく、

「なんとかなりませんか？」

と珍しく食い下がる。

冬哉も両手を合わせて拝《おが》むポーズで「先生様、そこをなんとか！」と叫んだ。

私たちの必死さに、先生は肩をすくめて笑った。

「本来なら締め切り過ぎたらだめなんだけど、今回はたまたま枠がまだ空いてるから、特別に受け付けてあげましょう」

「いいんですか!?　ありがとうございます」

私が頭を下げると、三人も「ありがとうございます」とあとに続いた。

「あなたたち、仲良しだったのね。全然知らなかった」

ぐるりと視線を巡らせた先生の問いに、私たちは顔を見合わせた。

「今まで、一緒にいるの見たことなかった気がするけど」

「先生、よく知ってますね」

私が呟くと、春乃も「友達関係とか知ってるんですね」と目を丸くして言った。

「生徒の交遊関係を把握《はあく》するのも大事だからね」

先生はふふっと笑った。

「誰と誰が仲良し、誰と誰は話さない、誰と誰はちょっと険悪……みたいなのを知っておくと、なにかと配慮もできるしね」

「さすが先生！」

冬哉が大袈裟《おおげさ》に手を叩くと、先生は少し照れくさそうに「やめなさい」と笑った。

「俺たち、幼馴染なんです。幼稚園とか小学校のころから」

千秋の答えに先生が微笑んだ。

「あら、そうだったの。いいわね、高校まで縁が続くなんてなかなかないわよ。大事にしなさいね」

「はい、ありがとうございます」

私はそんなふうにさっぱりとは答えられなくて、ひとり囁くように「……はい」と俯いた。

縁が続いていたわけではなくて、ずっと途切れていたものが、今たまたま少し交わっているだけだ。でも、そんなことはあえて口に出すことでもないので、黙っておく。

「それはさておき」

先生が口調を改めた。

「すごくいいと思うわ、あなたたちの発表。四季を愛でる、なんてすごく文化祭らしくて素敵ね。男女混合の団体も珍しいし。期待してるから頑張ってね」

私たちは再び顔を見合わせ、笑顔で「ありがとうございます」と声を合わせた。

「じゃあ、この登録用紙に記入して、今週中に持ってきてね」

「はい！」

春乃が嬉しそうにプリントを受け取る。

「じゃあ、よろしくお願いします」

「はあい、楽しみにしてるわね」

「ありがとうございました。失礼します」


職員室を出たあと、私たちは空き教室に寄って登録用紙に必要事項を書き込み、今日はそれで解散ということになった。

「光夏、楽しみだね」

鞄にペンケースをしまっていると、千秋が声をかけてきた。彼にしては珍しく、わくわくしたような、本当に嬉しそうな顔をしている。

「でも、まだなんにも決まってないけどね……」

『具体的な発表内容』の欄は、空白のままだ。今週中に大枠だけでも決めておかないといけないと思うと、不安と焦りで気が重い。

「なんとかなるよ。光夏と、俺たちなら」

やけに確信深げに千秋が言った。

「……そう、かな」

私なんかがいたってどうにもならないと思うけど。そんな卑屈な言葉は、胸に秘めておく。変に勘繰《かんぐ》られたくない。

「そうだよ」

千秋はにこりと笑った。

「光夏がいれば百人力《ひゃくにんりき》だし。俺たちは絶対、光夏を信じてついていくから。だから、絶対上手くいくよ」

あまりにもきっぱりと彼が言うので、なんだか本当になんとかなりそうな気がしてくる。

「……分かった。頑張ろう」

私は小さく口許を緩めた。

「とりあえず、明日明後日でどんな発表にするか話し合って、木曜日の朝には提出できるようにしよう」

私がそう言うと、三人は「え」と声を合わせた。

「今週中だろ？　金曜の放課後までに出せばいいんじゃないの？」

冬哉の言葉に、私は首を振る。

「だめだめ。そんなぎりぎりのスケジュールじゃ、もしなにかあったときに遅れちゃうかもしれないでしょ。余裕を持って進めなきゃ。ただでさえ締め切り過ぎてるんだから、これ以上先生に迷惑かけられないよ」

「そっか、なるほどなあ」

「光夏ちゃんすごい！　大人だー」

「さすが光夏だね」

「……なに、みんなして。おだててもなにも出ませんけど」

「おだててないよー、本心だもん。ねっ」

春乃が千秋と冬哉に同意を求めると、ふたりは大きく頷いた。

居心地が悪い。こんなふうに手放しに感心されるなんて久しぶりすぎて、表情筋が硬直する。昔の私なら、したり顔で「ありがとう」とでも言っていたんだろうか。

「……じゃあ、今日は解散ね。私、教室に忘れもの取りにいくから、ここで」

また明日、と手を振って踵を返すと、三人はオーバーなくらいに大きく手を振りながら、

「ばいばーい！」

「気をつけてなー！」

「また明日！」

と口々に声を張り上げた。周りの生徒たちもちらちらと彼らを見ている。

恥ずかしいな。そう思いながらも、自然と頬が緩んだ。

忘れものというのはその場を離れるために適当に思いついた口実だったけれど、せっかくなので明日持って帰ろうと思っていた教材を取りにいこうと、自分のクラスに向かった。

この時間ならほとんどの生徒は帰っているだろうから悪目立ちせずに済むだろう、と思っていたけれど、近づくにつれて照明がついているのが見えてげんなりする。

教室の前まで来たとき、中でどっと馬鹿笑いが上がった。

息が止まる。島野たちの声だった。身体が一気に重くなる。

でも、ここまで来て引き返したりしたら、あまりにも情けない。

あいつらなんか、どうでもいい。私には関係ない。

ふうっと息を吐いて気合いを入れると、私はずかずかと教室に足を踏み入れた。

顔を上げておこうと思ったのに、気がつくと視線を落としてしまっている。どうしても上げられない。

悔しさに歯噛《はが》みしながら自分の席に辿《たど》り着き、机の中から数学の問題集を取り出した。

島野たちが後ろでぎゃははと笑い転げている。なんとなく、私のことを指差して笑っている気がした。息が苦しくなる。

教材の整理をしているふりをして、ちらりと目を上げた。そろそろと背後の様子を窺う。予想に反して、誰も私を見ていなかった。

ほっとした反面、心がざわつく。表面上は私に全く視線を向けず、でもその裏で私を嘲笑《ちょうしょう》していることは分かりきっていた。

私は鞄に荷物を詰め込んで、静かに教室を出た。最後の最後まで、誰ひとり私を見もしなかった。

廊下をゆっくりと歩きながら、考える。

ここまで徹底的に無視されると、私は本当に空気か幽霊なんじゃないかと思えてくる。自分はここにいる、と信じ込んでいるだけで、本当は存在していないんじゃないか、と。

自分が確かにここにいるという証拠は、他人と目が合ったり、言葉を交わしたりする中にしかないのかもしれない。だから、周りから完全に無視されると、もはやどうやって存在の確証を得ればいいのか分からなくなる。ひとりだけ違う次元に生きているような、なんとも言えない不思議な感覚に陥る。

でも今は、前とは少しだけ違う。千秋たちがいるからだ。

学校では誰とも話さないのが当たり前だった状況から、毎日彼らと関わりを持つ生活に変わった。だから今は、彼らと過ごす時間だけは、私は生きているのだという実感を持てる。でも。

生徒玄関に着き、靴箱の陰にしゃがみ込んだ。膝を抱く腕の中に顔をうずめ、目をつむり、ゆっくりと息をする。吸っても吸ってもなんだか苦しい。

千秋たちと裏庭で過ごす穏やかな放課後を手に入れたことで、逆に教室での時間が苦痛になってしまった。

ずっと闇《やみ》の中にいれば、それが自分にとって普通の状態だから、暗いとも思わない。でも、そこにかすかな光が射すことで、自分のいる場所が真っ暗闇だと気づいてしまうのだ。だから苦しくて、虚しくなる。

ぎゅっと閉じた瞼の裏に、三人の笑顔が浮かんだ。私に向けられる屈託のない笑顔。でも、それはすぐに私を嘲《あざけ》って喜ぶやつらの悪意の笑顔に塗り替えられてしまう。

身体を縮め、腕にぐっと顔を押しつけて、呼吸が落ち着くのをひたすら待った。

四章　風船

*

「じゃあ、今日はまず、アイディアをどんどん出していこう」

文化祭に向けての話し合い、一日目。

まずは意見を出し合うべきだろうと考えて、ノートを開いてペンを片手に告げると、三人は微妙な反応を見せた。

「えー、でも、そんないいアイディア、すぐには思いつかないよ……」

戸惑ったように言う春乃を安心させるように笑いかける。

「いいアイディアじゃなくていいの。ブレインストーミングって感じでいこう」

「え、ブレインストーミングってなんだっけ……」

春乃がえへへと笑って両頰に手を当てた。

「あー、ほんのり聞き覚えはある……。一学期に授業でやったよな？　ＬＨＲ《ロングホームルーム》かなんかだったっけ？」

冬哉も顎《あご》に手を当てている。

「そういえばなんかそういうのやったかも。たしか総合学習の時間かな。でも、なにやったんだったかな……」

千秋は考え込むように小首を傾げた。

「えー、誰も覚えてないの……？」

私は思わずぼやいた。

「光夏みたいに真面目《まじめ》に授業受けてないから……ごめん」

千秋の言葉に、いつも頬杖をついてぼんやり外を眺めていた彼の横顔を思い出し、笑いそうになる。そういえば冬哉はサッカーの朝練で疲れてよく授業中に居眠りをして叱られていたし、春乃はちゃんと黒板を見ているのに頭では他のことを考えてしまうのだと言っていた。今でも同じような感じなのかなと思うとなんだか微笑ましい。

私は小さく咳払《せきばら》いをして、「じゃあ、説明するね」と言った。

「ブレインストーミングっていうのは、直訳すると『頭脳の嵐《あらし》』で、みんなの頭脳を嵐みたいにぐちゃぐちゃに混ぜ合わせるようにして、とにかくたくさんの意見を出し合っていく話し合いの方法ね」

「ほう、なるほど」と冬哉が腕組みして首を縦に振る。

「ルールは四つ。否定しない、自由に発言する、質より量を重視、アイディアを結合する」

「え、なんか難しそう……」

「もうちょっと分かりやすく噛み砕《くだ》いて……」

千秋と春乃が困ったように眉を下げた。私は一学期の学習内容を思い出しながら説明する。

「うーんと、結論を出すのが目的じゃないから、人のアイディアに対して、いいとか悪いとか判断したり批判したりしない。自由で話しやすい雰囲気を作って、真面目で常識的な意見よりも、ユニークで斬新《ざんしん》なアイディアを歓迎する。そのほうが新しい発見に繋がりやすいんだって。あと、いいアイディアを出すことよりも、とにかく数をたくさん出すことを重視する。そして、他人のアイディアにどんどん便乗《びんじょう》していいから、くっつけたり切り分けたりして、新しいアイディアを生み出していく」

「ほー！」

「すごい、光夏ちゃん！」

「よく覚えてるね、さすが」

三人がまた私を大袈裟に褒め称える。やっぱり居心地が悪い。

というか、久しぶりにこんなにべらべらしゃべったな。もしかして、しゃべりすぎ？　私、うざくない？

不安になって彼らの顔色を窺ってみたけれど、みんな目をきらきらさせて笑顔で拍手をしているので、なんだか拍子抜けした。

「……で、ね。そうやって出てきたたくさんのアイディアを、最後にみんなでひとつずつ吟味《ぎんみ》して、整理して、どれがいいかなって話し合う」

「へえ、楽しそう！」

春乃が笑顔で言った。子どものころから可愛らしかったけれど、高校生になって少し大人っぽさも加わり、さらに可愛くなった気がする。

「ふふふ、なんか昔が懐かしいね」

彼女がやけに嬉しそうに言うと、千秋が頷いた。

「うん、俺もそう思ってた。みんなで遊ぶとき、光夏がいつもこうやって俺たちを引っ張ってまとめてくれてた」

すると冬哉も大きく頷く。

「ちゃらんぽらんな俺らに呆れた顔しながらも、絶対に見捨てないで、てきぱきいろいろ決めてくれてたよな」

思いも寄らないことを言われて、私は言葉を失う。

「そうそう。いっつも光夏ちゃんが、今日はあれして遊ぼう、次はこれで遊ぶよ、って決めてくれてた」

私たちはいつも四人で遊んでいたけれど、性格も好きなことも全く違うので、なにをして遊ぶかというのはなかなか決まらなかった。そうこうしているうちに家に帰らないといけない時間になることもあった。

それで私なりに考えて、それぞれの好きな遊びを順番にバランスよく、公平になるように提案することにしたのだ。

千秋が好きなのはお絵描き、粘土《ねんど》、紙工作。春乃が好きなのは人形遊び、ままごと、お手玉。冬哉が好きなのは鬼ごっこ、かくれんぼ、ボール遊び。それを考慮して、私が『今日は何々で遊ぼう』と毎日宣言していた。勝手に。

苦い記憶だ。調子に乗って、みんなの気持ちも考えずに仕切って。

そして今、その悪い癖《くせ》がまた出てしまった。

「俺、春乃のリカちゃん人形遊びは苦痛だったなあ」

「私だって、ボール遊び苦手だから、冬哉の日は嫌だったよ」

ほら、やっぱり。嫌な思いをさせていたのだ。きっと千秋にも。彼は家で静かに遊ぶのが好きだったから、私の提案で外遊びに連れ出されて、迷惑していたのだろう。

思い返せば、私が一方的に遊びを決めるんじゃなくて、みんなに訊くべきだった。

今だってこうして、ブレインストーミングだとか偉そうなことを言って、みんなの考えも聞かずに勝手に話し合いを進めようとしていた。

島野たちが『でしゃばり女』『仕切り屋』と小馬鹿にするのも大いに納得できる。落ち度があるから、陰口を叩かれるのだろう。

そのとき、春乃が微笑んで私を見つめながら、「でも、私」と言った。

「たとえば『今日は誰々が遊びたいこと決めて』とか言われても、変に気を遣《つか》っちゃって、自分がやりたいことじゃなくて他の人が好きそうなこと答えてたかも」

するると冬哉が「だよなあ」と頷いた。

「だから、光夏が決めてくれて助かってたよ」

千秋も隣で「うん」と首を縦に振る。

「俺も、光夏が外遊びを決めてくれなかったら、ずーっと家で遊んでる不健康な子どもだったと思う」

まさかそんなふうに言ってもらえるなんて思ってもいなかったので、びっくりして固まってしまう。

「あと、冬哉と春乃が習い事の日に、光夏とふたりで家で遊ぶのも、すごく楽しくて好きだったよ。俺が絵を描いてて、光夏は隣でずっと、何時間でも見ててくれて、すごいとか上手いとかたくさん言ってくれるから、本当に嬉しかったんだ」

千秋は懐かしそうな顔でふふっと笑った。

週に一度、冬哉のサッカークラブと春乃のピアノ教室が重なる日があって、そのときは私と千秋のふたりで遊んでいた。どちらも外より中で遊ぶほうが好きだったから、のんびりとお絵描きやテレビゲームをした。

ふたりで過ごす時間は、普段よりずっとゆっくりと流れている感じがして、それなのにあっという間に終わってしまうのが不思議だった。

四人で遊ぶのももちろん楽しかったけれど、千秋とふたりで遊ぶ日はなんだか特別で、私はいつも心待ちにしていた。

「光夏は、いつでも俺たちのためにいろいろ考えてくれてたよね」

「……でも、私はただ、……」

口を開いたものの、どう言えばいいか分からなくてまた口を閉じる。

私は、みんなのためになんてちっとも考えていなかった。ただ、せっかくの遊べる時間を無駄にすることや、不公平になることが我慢できなくて、つまりは自分のためにしていたこと、私のエゴだったのだ。

「それなのに、光夏は、自分の好きな遊びは全然やろうって言わなかったよね」

「え……」

唐突な千秋の言葉に、私は目を瞬かせた。

そういえば、とふいに思い出す。私は強いて言えば戦略系の遊び、カードゲームやボードゲームが好きだったけれど、遊びを決める自分が好きなものを提案するのはなんとなく気が引けて、それに他の三人が好きな遊びでも十分に楽しめたので、自分からはそれらで遊ぼうとは言い出さなかった。千秋がたまに『今日はトランプしたい』とか『今度オセロやろう』などと珍しく主張してきたときだけ、『じゃあそうしよう』と答えるくらい。

「光夏は俺たちのために我慢してくれてたんだよな」

私はどんな顔をすればいいか分からなくて、少し顔を背ける。

「そういうわけじゃないよ、全然。我慢なんてしたことない。ただ、それほどやりたいことがなかっただけ」

「えー、うっそだあ。だって光夏ちゃん、神経衰弱《しんけいすいじゃく》とかオセロとかのとき、すごく生き生きしてたもん。本当はそういう、頭を使う遊びが大好きだったんでしょ？」

「別に好きってほどじゃないよ。強《し》いて言えば、って程度。だから、我慢だなんて全く考えてなかった」

「もっと自己主張してくれてもよかったのに」

千秋がそんなことを言うので、思わず目を瞠った。私は自己主張の塊《かたまり》みたいなタイプですけど、と反論が口から出そうになる。

「びっくり、って顔してる」

千秋はおかしそうに笑みを洩らした。

「光夏は、まだ自分を知らないんだね」

そう言って彼は、ふいにこちらへ手を伸ばしてきた。

なんだろう、と思った直後、ぽん、と頭に軽い感触と、そしてぬくもりを感じる。

それからくしゃりと柔らかく髪を撫《な》でられる感覚。

思わず口をあんぐりと開けたまま凍りついていると、千秋がはっとしたように手を止めた。

「あ、ごめん、思わず……」

千秋が手をそろそろと引いていく。

「あ、いや、別にいいんだけど……」

ふるりと首を振った瞬間、春乃と冬哉が同時に声を上げた。

「ひゃあ、ふたりの世界！」

「ちょっと、俺らのこと忘れてない!?」

「わ、忘れてない、忘れてない！」

私は今度はぶんぶんと首を振った。その横で千秋は、

「ちょっとだけ、忘れてた……」

と小さく言った。

冬哉はあははと笑ってから、「それはいいとして」と口調を改めた。

「光夏は本当に、自分より他人優先だよな」

「そうだよねえ。私なんて自分のことしか見えてなかったのに……」

「光夏はいつだって俺たちの中心で、誰より信頼できる存在だったよ」

優しい微笑みとともに千秋が言った。

「いや……ほんとに私、勝手に仕切ってただけで、そんなふうに言ってもらえるような……」

顔の前で手を振って否定しながら、ふと思う。彼は、もしかして私のために、トランプがしたいと言ってくれていたんじゃないだろうか。

ふ、と唇が歪んだ。そんなわけない。なんの根拠もない、自分勝手な勘違いだ。

「……そんなことより！」

都合のいい考えを振り払うように声を上げた。

「時間がもったいないから、話し合い始めよう」

「はーい」

「はーい」

春乃と冬哉がくすくす笑いながら手を上げる。でも、千秋だけは、どこか寂しそうな瞳でじっと私を見ていた。

そんな目で見ないでよ、という言葉を必死に喉元で抑え込んで、気づかぬふりで口を開く。

「いきなり文化祭の発表を考えるって言っても難しいだろうから……そうだね、まずは、それぞれの季節について思い出話をするってどうかな」

四季を愛でる会、というネーミングを考えると、やっぱり季節に関するなにかを発表すべきだろう。でも、テーマがあまりにも広くて漠然《ばくぜん》としすぎているので、簡単にアイディアが出るとは思えない。だから、まずは自由に思い出話をして春夏秋冬のイメージを固めていけば、なにかいいアイディアが浮かぶのではないか、と考えたのだ。

咄嗟《とっさ》の思いつきだったけれど、三人は「それ、いいね！」と頷いてくれた。

「じゃあ、まずは春ね」

言い出しっぺから始めるべきだろう、と思って私が口火を切った。

「私は、春といえばやっぱり、いつも遊んでた公園の桜の木かな。満開になると空いっぱいに広がって綺麗だったよね」

「桜吹雪《ふぶき》とか、地面に落ちた花びらも、すごく綺麗だった」

千秋が懐かしそうに目を細める。そういえば、彼は春になるとよく公園の桜の絵を描いていた。

春乃が「私はねえ」と口を開く。

「白詰草《しろづめくさ》の花冠《はなかんむり》を作ったのとか、いい思い出だな」

「花冠懐かしい！　よもぎをたくさん採《と》って、みんなで草餅《くさもち》作ったこともあったよね」

「大変だったけどマジで美味《おい》しかったよな」

「あとは、公園でしゃぼん玉やったり、ブランコ競争も楽しかったなあ」

しゃぼん玉、と聞いて、いつか見た夢を思い出した。心の奥底できらきら輝く小さな宝石のような、懐かしい記憶をなぞる夢。

あの夢を見たのはいつだったか。たしか学校が始まる日、始業式……。

そこまで考えたとき、突然軽い耳鳴りがして、私の思考は遮られた。はっと我に返ると、春乃の言葉に冬哉が笑っている。

「しゃぼん玉とかブランコとか、季節関係なくね？」

「えー、なんか春っぽいじゃん！」

私は夢の余韻《よいん》を振り払い、「たしか……」と口を開く。

「しゃぼん玉とブランコは春の季語だよ。だから春乃のイメージは合ってると思う」

冬哉が驚きの声を上げた。

「えっ、ブランコに季節なんてあんの!?　なんで？」

「ごめん、由来は知らないけど……。でも、あったかくなると外で遊べるようになるから、そういう遊びしたくなるよね」

「なるほどー。ごめんな春乃、お前が正しかった」

「えへへ、私の季節だからね」

冬哉は「よく言うわ」と笑ってから、

「じゃ、次は夏な。俺はやっぱ祭りだな！」

「だよねえ。地元の夏祭り、よくみんなで行ったね」

「小っちゃい祭りだから、近所のおばちゃんたちが作る焼きそばとイカ焼きとかき氷くらいしかなかったけどな」

「冬哉はいつも焼きそばばっかり食べてたよね」

「イカ嫌いだからな。って、そう言う千秋は延々《えんえん》とかき氷食ってたじゃんか！」

「熱い食べ物苦手だから……」

「猫舌《ねこじた》だもんな。なんか千秋って感じ」

「ジャングルジムに登って、港祭りの花火も見たよね」

「あったねー！　めっちゃ遠いから小っちゃくしか見えなかったけどね」

「あとはやっぱり、市民プールと海水浴だね」

次々と溢れ出す、懐かしい思い出たち。あの夢と同じように、弾けるように明るく、直視できないほどに眩しい。

私は少し苦い気持ちを表に出さないように息を整えつつ、ノートにメモしていく。

「秋は、公園の銀杏だな」

背後にそびえる銀杏の大木を眺めながら、千秋が言った。

私たちがいつも遊んでいた公園は、周囲をぐるりと銀杏の木に囲まれていて、遊具のある広場から外の道路に続くレンガ道は銀杏並木になっていた。

「秋になると、銀杏の葉っぱが全部真っ黄色に染まって……風に吹かれて落ちると、金色の雪が降ってるみたいに見えて……落ちた葉っぱが地面を埋め尽くすと、まるで金色のじゅうたんを敷き詰めたみたいだった」

古い記憶を呼び覚ました頭の中に、目映《まばゆ》いほどの金色の雪原《せつげん》が広がった。真ん中に佇《たたず》み、降り注ぐ金色の雪を全身に浴びながら、嬉しそうに微笑む幼い千秋。

ずっと忘れていた。私が生まれて初めて世界の美しさを知った、あの光景。

「あと、金木犀の香りも好きだ」

千秋の呟きに、胸が小さく弾む。

私と彼にとって、金木犀は、ふたりだけの秘密の合言葉のようなものだった。

「へえ、そうなの？　花のにおいが好きなんて、お前けっこう可愛いとこあるんだな」

冬哉がからかうように言うと、

「光夏が好きな香りだから」

彼は小さく笑って答えた。

開いた口が塞がらない、とはこのことだ。私はあんぐりと口を開いたまま、唖然と千秋を見つめることしかできなかった。

「……えっ？　あ？　ちょっと待て、どゆこと？」

冬哉が興奮を隠しきれない様子で千秋の両肩を掴んで問いただす。彼は平然とした顔で答えた。

「光夏が金木犀の香りが好きって言ってたから、俺も好きになった」

やめてと叫びたい気持ちを、必死に抑える。千秋に悪気はない。ただただ鈍感なだけなのだ。そんなことを言ったらどう思われるか、どんな反応をされるかを考えつかないだけ。

春乃がきゃーっと黄色い悲鳴を上げた。

「やっぱり、そうだったのー!?」

くるりと振り向いて私に訊ねてくる。

「いやいや、『そう』ってなに？　どういう意味で言ってる？　待って、それたぶん勘違いだから」

慌てて首をぶんぶん振って、なんとか否定しようと頑張る私の横で、千秋はなおもマイペースな調子で続けた。

「それで、金木犀のこうす――」

「千秋！」

私はとうとう叫んだ。

「ん？　なに？」

千秋がきょとんを私を見る。

「その話は、しなくていいから……ね!?」

「ん？　うん、分かった。光夏がそう言うなら、しない」

私の焦りの理由は全く理解していないようだけれど、素直に頷いてくれた。

私はふーっと息を吐いて、頬に手を当てながら言った。

「よし、最後いこう。冬、冬の思い出！」

冬哉はにやにやしながら私と千秋を見て、それから「冬な、冬」と口を開いた。

「三年生のときだっけ、春乃の家でクリスマスパーティーしたよな」

「そうだ、すごい雪が降って、ホワイトクリスマスになったんだよね」

「みんなで雪合戦とか、雪だるま作ったのも楽しかったよね！」

「あ、あれ覚えてる？　私が雪で滑って転びそうになって、光夏ちゃんが抱きとめてくれたんだけど一緒によろけちゃって、そしたら千秋くんと冬哉が助けようとして結局みんなで思いっきり転んじゃって」

「あー、あったな！　四人とも雪だるま状態でびしょ濡《ぬ》れになってな」

「はたから見たらすごいおかしかっただろうね」

懐かしい思い出にこぼれたみんなの笑い声が合わさり、校舎の壁に反響して大きく響き渡る。

その余韻を追いかけるように、何気なく振り向いて校舎を見上げた瞬間、心臓を鷲《わし》掴《づか》みにされたような気がした。反射的に俯き、両側に垂れてきた髪で顔を隠す。

別館三階の教室の窓に、島野の姿が見えた。彼はこちらを向いていた。

やばい、見られた？　さっと血の気《け》が引く。額《ひたい》に冷や汗が滲《にじ》み、指先は氷のように冷たくなった。

なんであいつが。あんなところでなにをしているのだろう。私だと気がついただろうか。だとしたら、三人が私と親しくしていると知られてしまったことになる。千秋たちまで嫌がらせを受けることになるかもしれない。どうしよう。

ばくばくとうるさい鼓動の音。ぎゅっと制服の襟元《えりもと》を握りしめ、そろそろと目を上げる。

予想に反して、島野はもうこちらを見ていなかった。何事もなかったかのように前を向き、誰かと談笑している。

私だと気づかれずに済んだのだろうか。もし気づいたなら、あいつの性格的に、にやにやしながら見てくる気がする。『へえ、お前、そいつらと仲がいいのか。いいこと知っちゃった』とでも言いたげに。

たぶん、気づかなかったのだろう。ただ笑い声が聞こえたから視線を落としただけで、すぐに目を戻したのだ。私の姿は、頭上に生い茂る銀杏の枝葉が隠してくれたのかもしれない。

そうは思っても、やっぱり不安だった。私のせいで、この三人が不愉快なことを言われたり、嫌な思いをすることになったら……。

俯いて拳《こぶし》を握りしめていると、ふいに春乃が「ねえ、光夏ちゃん」と私を呼んだ。

「あっ、ごめん、ちょっとぼーっとしてた……」

「ううん、それは全然いいんだけど」

あのね、と彼女は少し迷うような素振《そぶ》りを見せてから、唐突に言った。

「なにか……悩みごととか、あるんじゃない？」

また、ぎゅっと心臓が縮こまる。引きかけた冷や汗がまた滲む。

冬哉が厳しい表情を浮かべて「春乃」と彼女を手で制した。千秋は黙って私を見ている。

三人の様子に、いきなり足下の地面がぐらぐらと揺らぐような感覚に陥った。

もしかして、なにか知っているんじゃないか。今の私の本当の姿を、知られているんじゃないか。

動悸が激しくなり、呼吸が浅くなっていく。

「ね、光夏ちゃん、もし、なにか困ってることがあるなら私たちに――」

「ない!!」

気がついたときには、春乃の言葉を遮る叫びとともに、勢いよく立ち上がっていた。

「なんにも困ってないし、悩みもない！　余計なお世話……放っといて」

風雨を浴びてざらついた木のテーブルの表面に両手をつき、深く俯いたまま告げる。

声は自分でも分かるくらい震えていた。

「ご、ごめ……」

でも、謝る春乃の声は、私よりもずっと震えていた。

「ごめんね……光夏ちゃん……」

涙交じりの声。冬哉が「大丈夫か？」と彼女の肩に軽く触れる。

「泣くことないだろ。お前が悪いんだから……」

「うん……分かってる」

春乃は手のひらで涙を拭いながら、えへへと笑って私を見た。

「ごめんね、光夏ちゃん。気にしないでね。最近ちょっと涙もろくて……勉強疲れかなあ？　そんな勉強してないけど、ふふ」

彼女の健気《けなげ》な様子に、激しい罪悪感と自己嫌悪が込み上げてくる。

「……私こそごめん。きつい言い方しちゃって……なんていうか、その、……」

謝りたいのに、素直になれない。知られたくないことがあるから。隠しごとがあるから。

「ごめん……、ごめん」

それだけしか言えなかった。目頭が熱くなって、鼻の奥がつんと痛くなる。じわりと視界が歪んだ。

でも、私には泣く資格なんかない。なんとか涙を堪える。

「光夏」

静かに呼ばれた。まだ歪んだままの視界で千秋をとらえる。

千秋は、困ったような、寂しそうな、悲しそうな、不思議な表情で私を見ていた。軽蔑《けいべつ》されているんだろうな、と思う。

昔、彼は私のことをよく『光夏はすごいね』と言ってくれていた。そして今も同じように言ってくれる。

でも、本当の私は、どこにもすごいところなんてない。千秋に褒めてもらえるようなところなんてなんにもない。むしろ、自分勝手で、自分を守るために平気で人を傷つけてばかりの、最低の人間だ。

それを今、はっきりと見せつけてしまった。

彼の澄んだ綺麗な瞳に、今の私はどう映っているんだろう。

「ごめん……今日は帰るね」

ベンチに置いていた鞄を胸に抱えて、私は裏庭から逃げ去った。

このまま帰る気になんてなれるわけがなくて、本館最上階にある図書室に逃げ込んだ。

＊

適当な本を一冊とって、窓際の席に腰かける。

窓の外を見ると、高校のすぐ隣にある大きな緑地公園が目に入った。幼い男の子が母親と手を繋いで歩道を歩いている。どこかでもらったのか、ぷかぷか浮かぶ黄色い風船を持っていた。空の青と、木々の緑と、風船の黄色が目に痛いくらい鮮やかだ。

そのとき、ふいに男の子の手から風船の紐《ひも》が離れてしまった。男の子と母親が慌てて手を伸ばしたけれど、風船は風に乗ってぐんぐんと上昇していく。男の子が泣き出し、母親は抱きしめて慰《なぐさ》め始めた。

思わず席を立って窓から手を伸ばし、こっちに飛んでこい、と念じたけれど、逆の方向へと飛んでいってしまった。

青空に溶けていく黄色を見つめながら、私はまるであの風船みたいだ、と思う。

以前は確かに地に繋ぎとめられていた。でも、その紐があまりにも細く頼りないことに、少しも気づいていなかった。

ぷつりと紐が切れてしまった今はもう、ただ風に吹かれるまま空を漂うしかない。

もう元には戻れない。なんて無力で、よるべない存在になってしまったのだろう。

そんなことを考えながら、ゆらゆら揺れる風船をぼんやりと眺めていたとき、背後で足音がした。

「光夏」

千秋だった。はあはあと肩で浅く息をしていて、少し汗もかいている。

私は慌てて立ち上がり、「大丈夫?」と訊ねる。

「具合悪いの?」

「や、大丈夫だよ。ちょっと、あちこち走ったから……」

千秋はふうっと深呼吸をして息を整えてから、額の汗を手の甲で拭う。

「……もしかして、私のこと探して……?」

信じられない思いで呟くと、彼はふふ、と笑って小さく頷いた。

「光夏がどこにいそうか、考えたけどよく分からなくて」

その瞳が寂しげな、悲しげな色を帯びる。

「光夏のこと、よく知ってるつもりだったけど、こういうときどこに行くのかさえ、分からなかった……。いろいろ探してみて、やっと見つけた。遅くなって、ごめん」

私は言葉もなく首を振る。

「光夏、大丈夫?」

気遣わしげに問われて、ふ、と唇が歪んだ。

「……私は大丈夫だよ。傷つけた側だもん。春乃のほうを心配してあげて」

「春乃は大丈夫だよ。冬哉がついてる。話しながら家まで送るって言ってた」

「……そう」

頷いてから、私はすとんと腰を落とし、両手で顔を覆った。

「酷いことしちゃった……。心配してくれたのに、あんなきつい言い方して傷つけた、悲しませた。私、最低だ……」

うう、と喉の奥から呻《うめ》き声が洩れた。かたん、と音がして、千秋が私の向かいに腰かけたのが分かる。

「春乃に謝らなきゃ……許してくれないかもしれないけど……」

「大丈夫だよ」

静かな声で千秋が言う。慰めるためとか、安心させるためとかではなく、ただ本当にそう思うからそう言った、という声色《こわいろ》だった。

「大丈夫。春乃は光夏に怒ってなんかいないし、光夏が謝ったら、きっと、私もごめんって言うと思う」

じわりと目の奥が熱くなり、また視界が滲んだ。

「うん……ありがと。そうだといいな」

涙声になってしまった気まずさから、私は窓の外に視線を戻す。千秋も私につられたように外を見て、

「あ」

と声を上げた。それから、彼にしては珍しく素早い動きでリュックのジッパーを開け、黒いケースのようなものを取り出した。

なにをしてるんだろう、と見ていると、ケースの中からカメラが出てきた。大きなレンズのついた本格的なカメラだ。一眼レフとかいうやつだろうか。

千秋は手慣れた仕草でボタンを押し、レンズの蓋を外した。口許に笑みを浮かべながら、カメラを外に向ける。

ボタンを押したりレンズをくるくる回したりとなにか操作したあと、カシャッ、と小気味《こきみ》のいいシャッター音がした。

どうやら風船を撮ったらしかった。風に乗って空を漂う風船。

「千秋、写真もやってるの？」

「うん。中学のときに始めたんだ」

「そうなんだ……知らなかった」

千秋はふふっと笑い、「見る？」と言った。うん、と頷くと、カメラの裏側をこちらに向けてくれた。

小さなモニターに映る、緑と青と黄色。下のほうには公園の並木が映り込み、全体に真っ青な空が広がっていて、右上のほうにぽつんと風船が飛んでいた。カメラのことはよく分からないけれど、綺麗な写真だと思った。彼の撮ったものをもっと見てみたい、と思う。

「他の写真も、見せてくれる？」

「いいよ。そんなに上手じゃないけど」

てっきり保存されているデータをカメラの画面に出してくれるのかと思っていたら、彼はリュックから冊子のようなものを取り出した。

「コンビニでプリントしたやつ、ちょうど持ってるんだ。こっちのほうが見やすいから」

「ありがとう」

手渡されたアルバムを開いた瞬間、鮮やかな色彩が一気に飛び出してきた。

淡いピンク色の桜並木と、霞《かすみ》がかった水色の空。

果てしなく広がる真っ黄色のひまわり畑。

真っ赤に染まった紅葉に彩られた静かな湖面。

陽射しを受けて金色に輝く稲穂《いなほ》の波。

水溜まりに映る青い空、白い雲、七色の虹。

雨の中を集団で歩く小学生たちの、色とりどりの傘《かさ》と雨靴《あまぐつ》。傍らに咲く紫陽花《あじさい》。

夏祭りの屋台と真っ赤な提灯《ちょうちん》。

どこまでも広がる純白の雪景色。

立ち並ぶ高層ビルと、ガラスの外壁に映る曇りない空。

横断歩道を渡る人々の革靴《かわぐつ》やスニーカー、パンプスやブーツ。

圧倒されて、すぐには言葉が出なかった。

「……これ、全部千秋が撮ったの？」

しばらく写真を凝視したあと、なんとか声を絞《しぼ》り出して訊ねた。

「うん。休みの日にいろんなとこ出かけて」

「すごい、すごいね！」

図書室にいることを忘れて、声を上げてしまった。

「あ、すみません……」

白い目で見られているのではと慌てて見回したけれど、他の利用者たちは少し離れたところにいるので気にならなかったのか、誰にも見られていなかった。

ほっと安堵《あんど》しつつ、また写真に見入る。

「すごく綺麗……」

思わず呟くと、千秋が笑い声を洩らした。

「ありがとう」

素直な声と、澄んだ瞳だった。

千秋の瞳が綺麗だから、それに映る世界は綺麗なんだ、と思った。だから彼の写真はこんなにも、世界が美しく切り取られている。きっと私がカメラをかまえたら、どんよりと灰色に沈んだ暗い世界しか映らないだろう。

「いつか光夏に見せたいって思ってたんだ」

「え……そうなの？」

「うん。やっと、見てもらえた……」

千秋の声はなぜか、少し震えているように聞こえた。

また手元のアルバムに目を落としてしばらく眺めたあと、はっと我に返る。ずいぶんぼうっとしてしまった。まるで魂《たましい》が抜けたみたいに。

文化祭のことがあるのに、明日には発表内容を決めなきゃいけないのに、こんなふうに腑抜《ふぬ》けている暇はない。さっきはみんなにみっともないところを見られてしまったから、挽回《ばんかい》しなきゃ。そんな思いが急激に込み上げてくる。

「ねえ、千秋。この他にもたくさん写真撮ってる？」

「え？　うん。家にあるよ」

「よかった。ねえ、千秋の写真って、文化祭の発表に使えそうだよ」

桜、風船、ひまわり、紫陽花、夏祭り、紅葉、稲穂、雪。春夏秋冬の風物詩。これを飾るだけでも、立派な展示になるんじゃないだろうか。

いいことを思いついた気がする。突破口《とっぱこう》になりそうな予感。急にやる気が湧き上がってきた。

「千秋の写真、明日、春乃と冬哉にも見せてみようよ。それで、写真を使った発表にできないか、みんなで話し合って……。あ、でも、その前にまず春乃に謝らなきゃ。冬哉と千秋にも、空気悪くして申し訳ないことしちゃったし……。それで、今度こそちゃんと私が頑張ってみんなを引っ張るから、少しでもいい発表になれば、さっき春乃に言っちゃったことも少しは償《つぐな》えるかな……。少しでもいい発表にすればいいと思う？　写真を展示するだけじゃ、写真部の発表と変わらないよね。もっと四季を全面に押し出さなきゃ。どうすればいいかな、たとえば、季節ごとに整理して綺麗に並べて、それぞれの写真に合う俳句《はいく》や詩を一緒に飾るとか……」

「光夏」

頭と口をフル稼働《かどう》させていたとき、千秋が静かに私を呼んだ。

「光夏。そんなことは、どうでもいいんだ」

はっと息を呑む。突然強い言葉を向けられて、なにかが胸に突き刺さったような感じがした。

「光夏、そんなふうに、自分だけでなんでも背負い込んで、ひとりで頑張ろうとしなくていいんだ」

どくどくと脈打つ音が耳にこだまする。また冷や汗が出てきそうだった。

「あ、ごめん……。私また、みんなの意見も聞かずにひとりで勝手に突っ走っちゃって……。ほんとだめだな……」

「そういう意味じゃないよ」

千秋がきっぱりと言った。

「光夏は、だめなんかじゃない。これっぽっちもだめなんかじゃない」

「な、なに言って……」

「光夏は、すごくすごく素敵な子だよ。光夏は知らないかもしれないけど、俺は知ってる。誰よりも俺が知ってる」

頭が真っ白で声が出ない。口をぱくぱくさせていると、真剣だった千秋の表情から
ふっと力が抜けて、穏やかな笑みが現れた。

「ねえ、光夏」

「……なに？」

「どこか行かない？」

「え？」

「学校出て、どこかに遊びに行かない？」

突拍子もない言葉に、私はまた別の意味で唖然とした。

「いいけど……どこかって？　そこの公園とか？」

千秋はう〜ん、と首を傾げて、「公園でもいいけど、それより」と言う。

「映画館とか、カフェとか、本屋とか、ゲーセンとか、そういうところ」

「……はい⁉」

また大声を上げてしまった。慌てて両手で口を押さえ、音量を落とす。

「え……ちょっと待って、それって、なんか……アレみたいじゃない？」

その単語をはっきり言うほど図々《ずうずう》しくはなれなくて、曖昧《あいまい》にぼかす。

すると千秋が、彼にしては珍しく満面の笑みを浮かべて言った。

「デート」

今度こそ一ミリも動けなくなった私の手を、千秋が握って立たせる。

「行こう」

呆然としたまま引きずられるように廊下を歩いていたとき、突然千秋が立ち止まった。リュックから出した手帳を広げ、中から一枚の写真を取り出す。

手渡されたそれに映っていたのは、金木犀だった。

「これ……」

見上げると、千秋は小さく微笑んだ。

「光夏に、あげる」

「え、いいの?」

「うん。いつか光夏にプレゼントしようと思って撮ったから」

「あ、ありがとう……」

私はその写真をまじまじと眺める。

濃い緑の葉と、それを覆い隠すほどに咲き誇《ほこ》る、鮮やかなオレンジ色に輝く小さな小さな無数の花々。ため息が出るほど綺麗だ。

金木犀。その名前を聞くたび、その姿を見るたび、私の胸はいつも甘くて爽《さわ》やかな香りに包まれる。金木犀は、私と千秋の思い出の花だった。

「懐かしいね……」


あれは、彼と出会って初めての秋のことだった。

ある日の公園帰り、いつもと違う道を通ってみようと思い立ち、ふたりで見知らぬ小道に入った。

すると、風に乗ってどこからか甘い花の香りがしてきた。夢みたいな香り、と思ったのを覚えている。

『すっごくいいにおいだね』

私はうっとりしながら言った。

『じゃあ、探しにいこうよ』

そう答えた千秋は、今と同じように私の手を引っ張って、ずんずんと歩き出した。

香りのもとを探して、鼻をくんくんさせながら歩き回り、その木を見つけた。

密に繁《しげ》るつやつやした葉と、明るいオレンジ色をしたたくさんの小花を見て、私たちは歓声を上げた。顔を近づけて嗅《か》いでみると、心がじんわり溶け出しそうな甘い甘い、それでいてどこか爽やかな香りがした。

『こんないいにおいの花があるんだね！』

『光夏、ちょっとだけ分けてもらえないか聞いてみよう』

千秋がその家のチャイムを鳴らし、出てきたおばあさんにお願いしてくれた。おばあさんは『金木犀って名前だよ』と教えてくれて、好きなだけ持っていっていいからね、と言って包み紙を渡してくれた。

千秋は深々と頭を下げると、ひとつひとつ丁寧に摘《つ》み取った花をふんわりと紙で包み、私のカーディガンのポケットに入れてくれた。

『これできっと今日は怖い夢を見ないよ』

『わあ、ありがとう！』

何日か前に、お化けに追いかけられる夢を見てすごく怖かった、と何気なく話した私の言葉を、彼は覚えていてくれたのだ。その晩は、金木犀の花を並べたガラス皿を枕元に置き、胸いっぱいに香りを吸い込んでから眠った。怖い夢は見なかった。

翌朝報告すると彼は自分のことのように喜んでくれて、それからは毎日、帰り道にふたりで金木犀の香りを嗅ぎにいった。

秋が終わり、花が全て落ちてしまってしばらくしたころ、千秋が突然家に訪ねてきた。そして、小さな紙袋を私に差し出した。

『これ、光夏に、あげる』

男の子からなにかをもらったことなんてなかった私は、心底びっくりした。

『プレゼント。開けてみて』

包みの中から、貝殻《かいがら》ほどの大きさの白いケースが出てきた。蓋を開けると、淡く黄色みを帯びた半透明のクリームが入っていた。

『……なあに？　これ』

『使い方、教えてあげる』

千秋は人差し指でクリームをほんの少しだけすくいとり、私の手首の内側にそっとなじませるように塗ってくれた。

途端に、甘い香りがふわっと広がって私の全身を包んだ。

『金木犀の花の香り。練《ね》り香水《こうすい》っていうんだって』

『えぇー！　すごい！　ありがとう!!』

『これがあれば、光夏は秋じゃなくても怖い夢を見なくて済むかな』

優しい言葉と微笑みに、胸があたたかくなった。すごくすごく嬉しかった。

あの練り香水は、結局もったいなくてほとんど使えなくて、今も宝箱にしまってある。


なぜか突然、涙が溢れてきた。

どうして泣いちゃうんだろう。あいつらにどんな酷いことをされたって、どんなに悔しくたって、私は泣いたりなんかしなかったのに。千秋がくれた金木犀の写真を見ただけで、堪えきれないほどに涙が出てくるなんて。

手の甲でごしごしと拭って、隣の千秋を見上げる。

窓から射し込む光に照らし出された千秋の顔は、あのころよりもっと眩しかった。

今の私には眩しすぎた。

「……ありがとう」

絞《しぼ》り出した声でぽつりと告げると、千秋は「どういたしまして」と笑って、またこちらへ手を伸ばしてきた。

あ、と思って身構える間もなく、その手がぽんぽんと頭を撫でる。

「……それ、恥ずかしい……」

少し俯き、軽く睨むそぶりをする。

千秋はちょっと変わっているから、高校生になった今でも、家族でも彼女でもない女の子に触れるのをなんとも思わないのかもしれない。でも、私は恥ずかしいし、どんな反応をすればいいのか分からなくて困る。

そんな思いを込めて見つめると、彼は目を丸くした。それから、「ごめん」と肩を揺らして笑う。

「でも、光夏に触《さわ》れるのが嬉しいから……もっとやらせて」

え、と驚きの声を上げた私の髪を、千秋はもう一度くしゃりとかき混ぜる。そのまま ひと束《たば》すくい取り、捧《ささ》げ持《も》つようにして目を閉じると、柔らかく囁いた。

「光夏がもう二度と怖い思いをしませんように……」

そう聞こえたような、気がする。

私は思わず、手に持っている金木犀の写真に目を落とした。胸が熱くなって、また涙が込み上げてくる。

この写真には、もしかしたら、彼の優しい祈りが込められているのかもしれない。だからこんなに心があたたまるのかもしれない。

「……ありがとう」

そう言って手を離した彼の顔が一瞬、どこか切なげに歪んだように見えた。きっと私の目が涙で潤《うる》んでいるせいだろう。

＊

校門に向かって歩く。涙の余韻が引かなくて声が震え、うまく話すこともできないまま。

千秋は気にするふうもなく、のんびりと空を見上げたり、花壇《かだん》に植えられた花を見つめたり、グラウンドや体育館で部活動に勤《いそ》しむ生徒たちを眺めたりしていた。

昔からそうだった。優等生の仮面を取ると本当は人と話すのが苦手な私は、千秋といるときがいちばん、なにも気負わずに自分のままでいられた。人に合わせることをしない彼は、その場しのぎの世間話や下らない噂話になんて全く興味がなくて、沈黙を少しも厭《いと》わないから。

「どこに行こうかな」

校門が見えてきたとき、千秋がふいに呟いた。

「どこでもいいよ」

千秋と一緒なら、と言いかけて、私は慌てて口を閉じた。

「そっか。じゃあ、……」

校門の前にたどり着いた。

彼は一度足を止め、校門を通り抜けてから、こちらを振り向いた。

私も彼を追いかけて一歩外に踏み出そうとした瞬間、まるで光の幕が下りたかのように、目の前が明るくなった。眩しさに思わず一瞬、瞼を閉じる。

薄く目を開けると、校門の向こうで、千秋が寂しそうに微笑んでいた。

五章　凍蝶《いてちょう》

＊

今日の放課後は、ちゃんとみんなに昨日のことを謝って、それから文化祭の発表内容を決めて、登録用紙に記入して……。

そんなことを考えながら、教室に足を踏み入れた。俯かずに教室に入ったのは、いつからか覚えていないくらい久しぶりだったと思う。

クラスはいつもと同じ雰囲気だった。誰も私を見ない、声もかけない。

ふう、と息を吐いて、席につく。そんなことより、今は有志発表のことだ。放課後までにある程度アイディアをまとめて、スムーズに話し合いを進められるようにしておかないと。

膝の上にのせた鞄に目を落とし、文化祭用のノートを探す。

そのとき、ごとん、と机の上になにかが置かれた。反射的に目を上げる。

「え……」

花瓶《かびん》だった。真っ白な菊《きく》の花が一輪生けられた花瓶。

「……なに、これ……」

体温を一気に失ったみたいに、背筋が凍りついた。ノートを掴んだ手ががたがたと震え出す。

「ご愁傷様《しゅうしょうさま》ー!!」

「お悔やみ申し上げまーす!!」

唐突な叫び声がいきなり響いて、鞭打《むちう》たれたかのように全身が激しく跳ねた。

そろそろと顔を上げると、島野と大山が机の前でにやにや笑っている。後ろには彼らの仲間が控えて、同じように笑っていた。

彼らの声で気づいたのか、クラスメイトたちの視線が一気に私に集まった。ざわめきだす教室。指を差してなにかひそひそ話をしている人。ちらりと見て、触らぬ神に祟《たた》りなしとばかりに、すぐに前に向き直る人。

「きゃははは！　ひっどーー!!」

島野たちと仲の良い女子グループが、手を叩いて馬鹿笑いを始めた。

「こんなことするやつ本当にいるんだ！」

「鉄板ネタだろー」

大山が心底おかしそうに笑い転げる。

私はじわりと俯き、ゆっくりと目を閉じた。

それとほとんど同時に、パシャッ、と軽い電子音が耳に飛び込んできた。シャッター音だと、数秒後に理解する。

「やべー、撮りやがったこいつ！」

「きゃははっ、うけるー！」

「ネットに上げちゃおっかなー」

「ぎゃはは！　絶対炎上するだろ！」

「動画のほうがいんじゃね？」

「確かにー！」

ピロン、と動画の撮影が始まる音が聞こえてきた。

私は目立たないように何度も息を吸い、吐き、なんとか呼吸を整える。

ショックを受ける必要なんかない。私はこんな馬鹿たちの馬鹿な行いに傷つけられたりなんかしない。

こんなことがなんだっていうの？　なんでもない。ほら、即答できる。

閉ざされた限定的な世界で醜《みにく》いマウンティングをして、他人を痛めつけることでちっぽけな満足感に浸っている下らないやつらの言動に、私が傷ついてやる義理なんてないのだ。

外の世界の人から見れば、私もあいつらも、おんなじ。ただの〝高校生〟、それだけ。上も下もない。私が心を動かすことはない。

無機物になればいいのだ。私は道ばたの小石。どんな強い風に吹かれたって、激しい雨に打たれたって、びくともしない。ただそこに在《あ》るだけ。誰にも認識されず、なんの役にも立たず、ただそこに在るだけ。

そうしたら、ほら、なんにも感じない。弱い心は凍りついて、固くなって、もう誰かに侵されたりしない。

大丈夫、大丈夫、私はそんなに弱くない。こんな仕打ちくらい、どうってことない。

頭ではそう考えられるのに、身体は勝手に震え続けた。情けない。悔しい。

苛立ちに任せて拳を強く握りしめると、手のひらに爪が刺さって鋭い痛みが走る。

ほらね、馬鹿なやつらの嫌がらせなんかより、こっちのほうがよっぽど痛い――。

「なにしてるんだよ」

ふいに、静かな声が教室の空気を切り裂いた。

聞き慣れた、でもここで聞こえるはずのない声に驚いて顔を上げる。

くら、と目眩《めまい》がした。

「千秋……」

私の席の真横に立った彼は、机の上の花瓶に目を落とし、

「……最低だ」

と低く呟いた。それから、見たこともないくらい険しい顔をして、島野たちをじっと見つめる。

「ちょっと、千秋……」

止めようと掴んだ私の手を、彼はそっと振り払う。そして花瓶をぐっと掴み上げた。私の目の前から菊の花が消える。

「……は？　なにお前、誰？」

島野が威嚇《いかく》するように顎を上げて肩を下げ、睨みをきかせて凄む。

「I組の金森千秋です、どうも」

緊迫した雰囲気に気づいているのかいないのか、千秋はやけに丁寧に名乗った。相変わらずマイペースというか、鈍いというか。

「誰だよ！」

大山がぎゃははと笑う。島野は顔を歪めてちっと舌打ちをして、

「なんの用だよ？」

と千秋を睨み上げた。あまりの剣幕《けんまく》に、危険を察知したクラスメイトたちは続々と廊下へ出ていく。

「ふざけるな、って言おうと思って」

少しも怯《ひる》むことなく千秋は答えた。

「すっごい最低のことしてる自覚、ある？」

「……はあ!?　お前こそふざけんなよ！　何様だよ!!」

耳をつんざくような怒鳴り声が、島野たちを残して誰もいなくなった教室に響き

渡った。

「別に何様でもないけど……。ていうか、それ今、関係あるの？」

千秋は平然と答え、静かな瞳を島野に向けている。はたから見れば、わざと相手を煽《あお》ろうとしているように思えるだろう。

でも私には分かる、彼はなんの意図もなく思ったことをそのまま素直に口に出しているだけなのだ。

「俺はただ、光夏を貶《おとし》めるようなことするな馬鹿、って言いたいだけ」

怒りにわななく島野の横で、大山がぶはっと噴き出した。

「ぎゃはは！　なにお前、満永サンのカレシ？」

島野はまた舌打ちをして、

「あんなクソ生意気なブスに、彼氏なんかいるわけねーだろ」

と毒づいた。千秋が驚いたように大きく目を見開き、それからゆっくりと眉を寄せて瞬きをした。

「生意気？　ブス？　どこが？」

嫌味でも皮肉でもなく、本気でそう思っている、という口調だった。

「君、たぶん耳が壊れてるし、目も腐ってると思うよ」

「千秋!!」

思わず叫んだ。これ以上、島野を逆上させるようなことを言ったら、矛先《ほこさき》が完全に千秋に向いてしまう。

「千秋、もういい！　島野、いい加減にして！」

千秋の腕を掴み必死に言ったけれど、彼はなだめるように私の手にそっと触れただけで、島野に至っては私には見向きもしなかった。

「お前、どうなるか分かって言ってんだろうな、ああ？」

「舐《な》めてたら痛い目見るぞ？」

「馬鹿にすんのも大概《たいがい》にしろよ！」

島野と大山は陳腐《ちんぷ》な定番の脅《おど》し文句を吐く。大山が拳を握りしめて一歩踏み出した。

彼らの意図を察したらしく、千秋はひと言、

「暴力反対」

と言った。至極真面目《まじめ》な顔で。

私は愕然《がくぜん》とした。だめだ。千秋は本当に分かっていない。こいつらがどんな人間なのか。

私はがばっと立ち上がり、その勢いで千秋の手を力いっぱい引っ張った。

「わっ」

よろけた彼は、右手に持った花瓶を落とさないように慌てて掴み直すと、私に引き

ずられながら、

「これ、預かっとくから！」

と島野たちに声をかけた。

あんなやつらに律儀《りちぎ》に断りを入れる必要ない、と怒鳴りたくなったけれど、なんとか抑える。千秋はそういう人なのだ。

「おい、逃げんのかよ！」

「びびってんじゃねえぞ！」

「きゃはは、だっさーい」

島野たちの罵声《ばせい》と女子たちの甲高い笑い声が飛んできた。それを振り払うように、千秋の手を引いて教室を飛び出す。廊下から様子を窺っていたらしいクラスメイトたちが、様々な温度の目を向けてきた。その視線も振り切って、千秋を連れて階段の下まで走った。

「光夏……あいつら最悪だ」

千秋は花瓶をロッカーの上に置き、まっすぐな瞳で私を凝視して言った。私はなにも答えない。

かばってくれたのは、嬉しい。すごく嬉しい。

でも、そのせいで、島野たちが千秋を敵として認識してしまった。あいつらのことだから絶対に復讐《ふくしゅう》しようとするだろう。あいつらは自分で自分の機嫌を直せない、怒りは誰かに向けて発散しないと気が済まないタイプの人間だ。

もしも千秋になにかあったら。そんな不安と焦りと恐怖が、私の口を内側から押し開いた。

「……あー、なんか、ごめんね。びっくりしたでしょ？　あんな……」

かすれる声を、咳払いでなんとか整える。

「でもあれ、ただのイジりっていうか、悪ふざけみたいなものだからさ」

あはは、と笑って見せたけれど、妙に乾いた響きになってしまって焦る。

「……ほんと、気にしないでね。ちょっとした冗談で、うちのクラスでは普通のことだから」

ちらりと顔色を窺うと、千秋は苦しそうな、悲しそうな、寂しそうな表情を浮かべていた。胸が軋《きし》んだような音を立てる。

どうすれば、なにを言えば、彼にこんな顔をさせずに済むのか分からない。

「あんなの、普通のことなんかじゃないよ……」

千秋が静かに言う。

「……あはは、いやいや本当にね、大したことじゃないんだって。別にどうでもいいっていうか。……だから、そんな顔しないで」

「大したことだよ」

え、と訊き返す前に、突然、視界が白く染まった。

それが千秋のシャツの色だということ――つまり抱きしめられているという事実に気がつくまで、たっぷり五秒はかかったと思う。気づいたところで、あまりの驚きにぴくりとも動けなかった。

動揺して混乱した頭で、なんとか状況の把握に努める。肩から背中にふわりと回された腕、すぐ目の前にあるシャツの胸、少し触れ合っている爪先。

光夏、という囁きが耳許をかすめた。震えがくる。

「どうでもいいことなんかじゃない。すごく大事なことだ。俺にとって、今いちばん大事なことだ」

大事、という言葉が、なんだか夢の中のような響きに感じた。

なんとか崖《がけ》っぷちで踏ん張って、踏みしめていた地面が、ぐらぐらと揺らぎ始める。よろけてしまいたくなる。倒れてしまいたくなる。

千秋は、同情しているのだ。クラスメイトに――いじめられている私を。馬鹿にされ、侮蔑《ぶべつ》され、罵倒《ばとう》され、無視され、これ見よがしに机に花瓶を置かれた私を。

「お願い、やめて……」

声を絞り出した。

私の心を、決意を、覚悟を、揺るがすのはやめて。本当の私を暴《あば》かないで。憐《あわ》れまれるのは嫌だ。他の誰にどう思われたっていいけど、せめて千秋の中でだけは、傷なんかついていない私でいたかった。

「同情なんてっ――」

叫びかけた言葉を遮られた。初めて聞く怒鳴り声で。私は驚いて顔を上げた。

千秋は大きく目を見開き、気持ちを落ち着けるように深く呼吸している。シャツの胸がゆっくりと上下する。

「俺は」

ゆっくりと瞬きをして、囁くように彼が言った。その腕に力がこもる。

「光夏を……こうしたいから、してるだけ。同情なんかじゃない……信じて」

懇願《こんがん》しているようにさえ聞こえる声音だった。

だめだ、揺らいでしまう。なにかに、負けそうになる。

でも、ここで倒れたら、私はもう私を保てない。なんとか耐えなきゃ。

「――ごめん、教室に戻る」

私は千秋の胸を押し返す。

「あと、今日は用事があって、裏庭には行けないから……春乃たちにも伝えといて」

彼がなにかを言う前に、私は背中を向けて駆け出した。

＊

翌朝、教室に向かいながら、サークルに行くのはもうやめよう、と決意した。千秋たちと親しくしている人がいることを知ったら、島野は絶対に手を出してくる。千秋たちに被害を及ぼすわけにはいかない。

そう考えたのも確かだったけれど、本当は、彼らと顔を合わせたくないという理由のほうが強いのを自覚していた。

きっと千秋は、昨日見たことを春乃と冬哉に話してしまっただろう。彼は優しいから、見て見ぬふりも、胸に秘めておくことも、たぶんできない。ふたりに相談したはずだ。嫌がらせを受けていると知られて、どんな顔をして会えばいいか分からない。情けない私を見られたくない。

預かっていた文化祭の団体登録用紙だけは責任を果たさなければと思って、『四季の写真を展示する』と記入して先生の机上に提出しておいた。これで私の仕事は終わりだ。あの三人ならきっと、方向性さえ示せば、私がいなくてもちゃんと発表を作り上げてくれるだろうと思った。

教室に入ったら、昨日のことで島野たちに絡まれるのではないかと案じていたけれど、意外にも今までと同じように無視されただけだった。おおかた、今度はどうやって痛めつけてやろうかと、嬉々として計画を練っているのだろう。

いつものように息を殺して気配を消して一日をやり過ごし、終礼前の清掃を終えてぼんやりと教室に戻った。

自分の席に近づいたとき、異変に気がついた。

机の真ん中、昨日花瓶が置かれたあたりに、なにか黒い線のようなものが見える。嫌な予感に襲われながらも、席につかないわけにはいかず、のろのろと歩を進める。

そして、その正体が分かった。

〈死〉

マジックペンの線をご丁寧に何重にも重ねて、殴り書かれた文字。

そういうことか。そう来たか。

昨日のいざこざがあったのに、今までなにもしてこなかったのは、私が席を外した隙にこの嫌がらせをしようと画策《かくさく》していたわけだ。

馬鹿馬鹿しい。花瓶もそうだけれど、こんな古典的な仕打ちなんて、古いドラマや漫画の中でしか見たことがなかった。本当に低俗だ。

ふう、と息を吐いて、何事もなかったかのように椅子に座った。きっとあいつらは今、にやにやしながら私を見ている。だからこそ、ショックを受けていると思わせるような素振りは絶対に、見せたくなかった。

平然と、普通に普通に、帰り支度を進める。落書きの上に鞄を置いてしまおうかと思ったけれど、そんなことをしたら傷ついていると誤解されそうだったから、あえて膝の上に置いた。

ぼんやりとしているうちに終礼が終わったらしく、気がついたら教室には誰もいなくなっていた。窓の外の太陽は傾き始めている。

おかしいなと思って時計を確かめると、もう五時前だった。終礼から一時間近く経っている。

のろのろと立ち上がり、帰ろうと鞄を肩にかけたとき、廊下から足音が聞こえてきた。

「光夏、いる？」

千秋の声だった。

ぱっと振り向くと、三人が廊下からこちらを覗き込んでいた。私は反射的に再び腰を下ろし、机の上に鞄を置く。

「……なに？　裏庭には行かないよ」

前を向いたまま答えると、彼らは中に入ってきた。机の文字を見られたくなくて、私は鞄の上に覆い被さる。

「なんか疲れちゃってさ、ちょっと寝てから帰ろうかと思ってて……悪いけど、ひとりにしてくれる？」

返事はなく、私の言葉の余韻だけが宙を漂っている。

「あー、眠い……おやすみ」

鞄の布地に吸い込まれてくぐもった声でさらに続けたけれど、やっぱり誰もなにも言わない。

少し経って、もう帰ったのかな、とちらりと顔を上げてみる。でも、三人はそこにいた。眉根を寄せて私を見下ろしている。

「……ごめん、光夏」

千秋が呟いた。なにに対する謝罪だろう、と怪訝に思っていると、突然彼が私の鞄を奪い取った。

あっ、と叫んだときにはもう、〈死〉の文字があらわになっていた。

声が出ない。『これ、自分で書いたんだ』――そんな白々しい言い訳が頭に浮かんだけれど、喉が引き攣《つ》れて呼吸さえままならない。

「酷い……酷いよ、なんで、こんな……」

春乃が両手で顔を覆い、涙声で呻きながら床にしゃがみ込んだ。

「なんでこんな酷いことができるの？　最低、最低、最低……っ！」

彼女がその可憐な声に怒りを滲ませるのを、初めて聞いた。心優しい彼女は、誰になにを言われてもなにをされても、いつも悲しげな笑みを浮かべるだけだったのに。

「……殴りにいく」

冬哉がふいに低く唸《うな》るように言い、止める間もなく教室を飛び出していった。

春乃は泣きじゃくりながら鞄からタオルを出し、落書きをごしごしと拭き始めた。涙がぽたぽたと机に落ちる。華奢な彼女の身体のどこにこんな力があるんだろう、と不思議に思うほど強く強くタオルを擦《こす》りつけ、でも文字は涙に滲むことさえなかった。

私は見かねて口を開く。

「……乾いた布じゃ、消えないと思うよ」

「……そうだよね。さすが光夏ちゃん……」

彼女はぐずぐずと洟《はな》をすすりながら教室を出ていった。

私以上に怒り、悔しがる彼らに気圧《けお》され、逆に私の中からは、しゅるしゅると風船の空気が抜けるように、感情が抜け落ちていった。

ふたりが消えた扉の向こうを呆然と眺めていたとき、視界の隅で、なにかが小刻みに震えているのが見えた。

目を向けて、それは千秋の肩だと気づく。彼は顔を俯けて〈死〉を凝視しながら、全身を震わせていた。

また千秋に見られてしまった。さすがにこれは悪ふざけや冗談という言い訳は通用しないだろう。

昨日はなんとか踏ん張って立っていた崖っぷちの地面がとうとう崩れて、足下がすくわれるのを感じた。

「……はは」

乾ききった唇から、昨日よりもずっと弱々しい笑いが洩れた。

「悪ふざけにしては、ちょっとやりすぎだよね……」

少しでも彼のショックを和らげたくて、なにより自分の惨めさを薄めたくて、私は『困ったなあ』というような苦笑を浮かべて見せる。

「いくらなんでも〈死〉は……さすがに冗談じゃ済まないって、ね。不謹慎だよね。ほんと馬鹿だよね、あいつら……」

千秋は俯いたまま、なにも言わない。少し首を傾げて覗き込むと、血の気を失って青ざめた顔で、血が滲みそうなほどに唇を噛みしめている。

見ていられなくて視線を落とすと、彼の手は、真っ白になるほどきつく拳を握りしめていた。

「千秋……」

その手にそっと触れる。このままでは自分の爪で怪我《けが》をしてしまうのではないかと不安だった。

「手、ほどいて……」

千秋の喉から、ぐうっと苦しげな声が洩れた。

「……ない」

ほとんど聞き取れない呻き声とともに上げられた双眸には、真っ赤な炎《ほのお》が踊っているように見えた。

「許せない」

彼は怒りに燃える瞳で低く、低く呟いた。

「……こんなに腹が立ったのは、生まれて初めてだ」

真っ白な拳が、まるで〈死〉を打ち砕こうとするように激しく机に打ちつけられる。

ガンッ、ガンッ、と固いものがぶつかり合う音が、空っぽの教室に響いた。

「やめて!!」

私は思わず叫んで立ち上がり、千秋の腕にしがみつく。

「やめて、怪我しちゃうよ!!」

「したっていい!!」

今にもちぎれそうな声だった。

「こんなの、光夏の痛みに比べたら、ちっとも痛くなんかないよ……」

彼の目が、射るように私を見た。私は首を横に振る。

「私は、痛くなんかない……傷ついてなんかない……こんなことで私は傷つけられたりしない……」

千秋が大きく目を見開いた。

「光夏……」

そのまっすぐな眼差しに耐えられなくて、私は静かに首を振り、千秋に背を向けて教室を出た。

＊

冬哉を止めなきゃ。もしあいつらを殴ったりしたら、どんな報復《ほうふく》を受けるか分からない。

春乃にお礼を言いそびれてしまった。たぶん濡《ぬ》れタオルでも消えないよ、とも言わなきゃ。

やるべきことが頭に浮かんでいるのに、私の足は勝手に校舎の外へと向かっていた。

逃げたい。ここにはいたくない。

鼻の奥がつんと痛くなり、一気に視界が歪んだ。泣いている自覚もないのに、頬がどんどん濡れて冷たくなっていく。

〈死〉の残像《ざんぞう》が、何度振り払っても鮮明に浮かび、頭から離れない。

逃げたい。逃げたい。逃げたい。

こんな現実は、もう嫌だ。受け入れられない。

こんなはずじゃなかった。私はこんな人間になるはずじゃなかった。

制御しきれない感情の嵐が、止めどなく涙を増幅させる。

どうしたらいいか分からない。昔の私は、なにが正しいか、どういう行動をとるべきか、いつだって明快に分かっていたのに。今はもう、自分のことも、他人のことも、どうすればいいか分からない。

「──ああああ!!」

そんなつもりはないのに、叫びが口から飛び出した。

外に向かって全速力で駆け出す。この学校という名の牢獄《ろうごく》のような場所から逃げ出すことしか、もう頭にはなかった。

逃げるなんて、いちばん嫌なことなのに。逃げたら負けだ、逃げちゃだめだ、と自分に言い聞かせてきたのに。

もう、逃げたくて逃げたくてたまらない。全て終わりにしたい。

もういい、負けたっていいから、逃げたい。

上履きのまま校舎を飛び出し、そのままの勢いで校門に向かった。

学校なんて、大嫌いだ。こんな世界には、もう一秒だっていたくない。

「あ――!!」

外の世界に飛び立とうとした瞬間、身体を強く引き戻された。

「光夏!!」

後ろから羽交《はが》い締《じ》めにされている。千秋のにおいがした。青くて甘い、花のようなにおい。

「止めないで!!」

はちゃめちゃに手足を振り回して、なんとか彼の束縛《そくばく》から逃れようとする。

でも、この世界に私を繋ぎとめようとするその腕の力はびっくりするほど強くて、どんなに暴れても決して振りほどくことができなかった。

「だめだよ、だめだよ、光夏……行かないで」

さらに腕に力が込められて、ぐっと引き寄せられた。

「俺を置いていかないで……」

千秋の頬が私の首筋にうずめられる。熱い吐息が肩口を濡らす。

「行くな。絶対に離さない……」

背中が燃えるように熱い。昨日とは比べものにならないくらいに強く、強く抱きしめられている。ほとんどしがみつかれているかのようだ。まるで、手を離したら崖の下に落ちてしまう、というほどの必死さで。

抗《あらが》うことはできないと悟り、私は力を抜いた。

千秋の熱を背中いっぱいに感じる。すっぽりと包み込まれている。

いつの間にこんなに差がついてしまったんだろう。千秋はいつの間にこんなに大きく、そして力強くなったんだろう。

いや、違うか。私があまりにも小さくて、弱すぎるんだ。

なんてちっぽけで、弱い――。

「光夏、光夏……」

鼓膜が震える。

どうして彼はこんなふうに、すがるような声で私を呼ぶのだろう。

「……ごめん、ごめん、ごめん……。本当に、ごめん……」

千秋はなにも悪くない。千秋が謝ることなんてない。

それなのに、どうしてそんなに、泣きそうな声で謝るの？　なにを謝るの？

「気づかなくて……」

言いかけて、彼は「いや、違う」と首を横に振った。

「すぐにそばに行けなくて、ごめん。つらいときに、そばにいてあげられなくて、ごめん……」

『つらくなんかない』。さっきまでの私なら、きっとそう答えていただろう。

でも、もう、そんな虚勢《きょせい》を張る余力はなかった。

そうだ、虚勢だ。私は虚勢を張っていたのだ。強がっていたのだ。本当は弱いのに、強いふりをしていただけ。

やっとそう自覚した。

宝物を守るように強く優しく抱きしめてくれている千秋の腕に、そっと指先で触れる。

「……あのね、千秋」

ぽつりと言うと、彼は抱きしめる腕の力を少しも緩めることなく、

「……うん」

と答えてくれた。

私は、ふうっと息を吐き、胸の奥まで空気を吸い込む。しゃぼん玉を吹くときのように。

「私ね、もうずっと、前から……」

その言葉は、あっけなく、ぽろりと唇からこぼれ落ちた。

「――つらかった」

鎖骨《さこつ》のあたりに回された千秋の腕に、ぐっと力がこもった。きっとこれ以上強く抱きしめることはできないだろう、と思うほどに。

そして彼は潤んだ声で、「うん、うん……」と頷いた。分かってるよ、という心の声が、聞こえてくるようだった。

そっか。千秋は全部分かってるんだ。私が隠してること、必死に胸に秘めてる気持ち。全部分かってるんだ。

もう隠さなくていいんだ、強がらなくていいんだ。

一気に全身の力が抜けていくような感じがした。心がほどけていく。傾《かし》ぐ身体を、千秋が抱き止めてくれる。

「光夏ちゃん……」

「光夏」

あたたかい声に呼ばれる。振り向くと、春乃と冬哉が知らぬ間に千秋の後ろに立っていた。

「ごめんね、光夏ちゃん」

春乃がくしゃくしゃの顔で言った。

「あの字、ちゃんと消せなかった。ごめんね。明日、家から除光液《じょこうえき》持ってくるからね。

絶対消すからね……」

「光夏、ごめん。あいつら探したけど、どこにいるか分からなかった……。明日、絶対殴るから」

ふたりは心から申し訳なさそうに謝ってきた。私は静かに首を振る。

「ありがとう。気持ちだけでも十分だから……」

そう言った自分の声があまりにもかすれていて、情けなかった。

「千秋、もう大丈夫だから……」

離して、と言っても、彼は少しも腕の力を緩めない。

「やだ」

千秋が耳許で囁く。駄々《だだ》っ子のような声に、私は思わず笑いを洩らした。

「話しにくいよ」

「……たしかに」

千秋がぽつりと呟いて腕をほどく。でも、そばから離れることはなかった。私は彼に「ありがと」と小さく告げて、顔を上げた。

しばらく言葉もなく向かい合う。きっと三人は、私にどんな言葉をかければいいか迷っているのだろう。だから私が口を開くしかない、と思った。

「……もう気づいてると思うけど……」

言うべき内容は、分かりきっていた。今さらごまかしも言い逃れもできない、ということも。

「私――いじめ、られてる……」

初めて口に出した。『いじめ』という言葉。

ずっと見ないふりをして、避け続けていた。認められなかった。

その言葉を自分に当てはめてしまったら、そこで終わり、もう後戻りはできないと、思っていたから。

「……笑えるでしょ？　子どものころは毎年クラス委員とかしてた私がさ、今はクラス中から無視されて、空気扱いだよ」

ふ、と口許が引き攣る。

「因果応報《いんがおうほう》ってやつだよね。優越感に浸って、正義感振りかざして、好き勝手に振る舞って、言いたい放題言って……結局こんな……」

自嘲的な笑いを、どうしても抑えられない。

こんな気持ちまで打ち明けるつもりはなかった。でも、たったひと言をきっかけに、今まで溜め込んでいたものが堰《せき》を切ったように一気に溢れ出してきて、吐き出さずにはいられなくなってしまった。

「ほんと馬鹿だと自分でも思うけどさ。私ね、自分はすごい強くて正しい人間だと思ってたんだよ。自惚《うぬぼ》れてたの。でも本当は、ぜんっぜん違った。ちょっと嫌がらせされたくらいで、なんか、なんていうか、全然だめになって……」

深く息を吐き、もっと深く吸い込む。

「自分でも、びっくりだよ……。私、こんなに自分が弱いなんて、知らなかった……。情けなくて、みっともなくて、吐きそう」

全てをさらけ出してしまったあとには、まるで自分の中身が空っぽになったかのような虚無感が残った。

言葉もなく、身じろぎもできずに呆然としていると、ふいに千秋が「光夏は」と囁いた。

「光夏は、自分が、嫌いなの？」

また唇が歪んだ。俯いて答える。

「……嫌いだよ。大っ嫌い。好きになんてなれるわけないじゃん……いじめられてる自分なんか……」

千秋はもう一度ぎゅうっと私を抱きしめてから、そっと身体を離した。

そして、私の両肩を掴んで振り向かせる。

「光夏、裏庭に行こう。ゆっくり話したい」

六章　雪解雫《ゆきげしずく》

*

裏庭のいつものベンチに、いつものようにみんなで腰かけた。

でも、三人を前にした私の気持ちは、今までとは全く違っていた。

なにもかも脱ぎ捨てて、丸裸《まるはだか》で彼らに向かい合っているような感覚。

あまりに心許なくて気まずくて、どんな顔をすればいいか分からない。

私が必死に隠していた仮面の下を目の当たりにして、彼らは今、どんな目で私を見ているのだろう。考えるだけで怖かった。

すると、隣に座った千秋が、突然ふっと噴き出した。

「光夏、すごい顔してる」

おかしそうにそう言う。私はむっとして「失礼だな」と答えた。

「表情硬いよ。ここ、めっちゃ皺《しわ》寄ってる」

千秋の指が、私の眉間《みけん》をとん、と突いた。

顔が近い。思わず目を逸らした次の瞬間、

「可愛い顔が台無し」

と、笑みをはらんだ声が言った。

私は反射的に視線を戻し、彼の顔をまじまじと見る。

神様に誓って、私は世間一般で言う〝可愛い顔〟などでは断じてない。自覚している。

「千秋……そんな気を遣わなくていいよ」

「え？」

千秋はきょとんと首を傾げた。

「そんなんじゃないよ。だって、光夏はほんとのほんとに可愛いもん」

「……は」

驚きと動揺で硬直していると、突然、

「ちょっとちょっとー！」

と冬哉が叫んだ。

「いつまでふたりの世界やってるんだよ！　俺ら居たたまれねーわ。っていうかほら、大事な話があるんだろ、千秋」

肩を揺すられながら、千秋は「うん」と頷いた。

「ねえ、光夏」

改まった口調で言われて、私は思わず「はい」と背筋を正した。

「俺たちの思い出話を聞いてほしい」

「え、思い出話……？」

「うん。光夏との、大切な思い出」

どうして彼がいきなりそんなことを言い出したのか、全く理解できなかった。

でも、冬哉も春乃も、ひどく真剣な眼差しでこちらを見ているから、私は「分かった」と答える。

「じゃあ、まず俺から」

冬哉が挙手をした。

「俺ってさ、自分で言うのもなんだけど、昔から割となんでもそつなくこなすし、なんつーかまあ、けっこう人気者的なポジションだったじゃん？」

うん、と私は頷く。冬哉は子どものころからスポーツが得意で、勉強もできて、しかも話し上手で人当たりもよかったので、男女問わず慕われていつもたくさんの友達に囲まれていた。

「でもそれはさ、ある意味、そういうキャラを演じるっていうか、なんていうかな、知られたくない部分を隠すために仮面を被ってたんだよな……。光夏も覚えてると思うけど、小三のときにさ、俺の母ちゃんの仕事がバレて、ちょっとハブられたことあっただろ」

「うん……」

冬哉のお母さんは、女手ひとつで彼を育てるために、昼のパートとかけもちで夜の仕事もしていたらしい。それをある日突然、ひとりの男子が自分の親から聞いたと言って、『冬哉の母親はミズショーバイ』と吹聴《ふいちょう》し始めたのだ。

　水商売という言葉の意味を、まだ子どもだったみんなはよく知らなかったはずだけれど、初めに言い出した子の表情や口調から、なんとなく小馬鹿にして笑ってもいいことなんだという共通認識が生まれたようで、一斉に『ミズショーバイ、ミズショーバイ』とはやし立てた。

　そこには嫉妬《しっと》も混じっていたのだと思う。なんでもいいから、人気者の冬哉をからかっても許されるネタが欲しかったのだ。

　そのうち、どこかの誰かが『ミズショーバイの息子とは仲良くするなってママが言ってた』などと言い出し、仲間外れの輪が広がり始めた。

「あれはまあ、ちょっと俺にも原因はあったと思うんだけどな。母ちゃんの仕事を知られたくない、触れられたくないって思ってたし、俺のそういう気持ちをみんな敏感に感じ取ったんだよ。もし俺が、『母ちゃんが水商売でなにが悪い、頑張って働いて俺を育ててくれてんだよ、すげーだろ！』って今みたいに思えてたら、たぶん誰もなにも言えなくなってたと思う」

　冬哉は眉を下げて笑った。

「でも、みんなにからかわれたり仲間外れにされたり、すげー悲しくて、ムカついて虚しくて、どうしようもなく苛々してたときにさ、光夏は」

突然名前を出されて驚いた。冬哉が微笑んで続ける。

「光夏は周りの空気なんて全く気にしないで、普通に今まで通りに話しかけてくれた。すごく嬉しかったよ、本当に」

それは当然だ。だって冬哉は大事な友達だから。家庭環境も親の仕事も、私にはどうでもいいことだったのだ。

「それでさ、光夏はクラスのみんなに怒ってくれただろ？ 水商売だからなんだ、なにが悪いのか説明できるのか、そもそも親の仕事が子どもになんの関係がある、目の前の人がどんな人間か、ちゃんと自分の目で見て自分の頭で考えろって」

そんなことを言っただろうか。なにも覚えていない。お得意の正義感で偉そうに説教をしたのだろう。みんなの前で自分をネタに演説されて、冬哉がどんな気持ちになるかも考えずに。過去の自分を殴りたい。

ごめん、と俯いた瞬間、

「すっげーかっこよかった!!」

冬哉が唐突に叫んだ。私は驚いて目を上げる。満面の笑みが迎えてくれた。

「俺は一生光夏についてくぞ！って思ったよ」

「え……」

「光夏は絶対に俺を裏切らないから、俺も絶対に裏切らないって思った」

言葉もなく見つめ返していると、今度は春乃が「私も！」と声を上げた。

「私もね、光夏ちゃんに一生ついてこうって決めた瞬間があったよ」

彼女はふふっと笑って小首を傾げた。

「私、いつも女子と上手くやれなくて、浮いてたでしょう」

私は首を横に振る。

「それは春乃のせいじゃないよ。周りに問題があったんだよ」

彼女は昔から、すごく可愛かった。顔だけではなく、性格も素直で愛嬌《あいきょう》があって人懐っこくて、小鳥のような声でころころ笑う。

でも、そんな外見と内面のせいで、春乃はよく性格のきつい女子たちから妬《ねた》まれ、ぶりっ子だとか男子に媚《こ》びてるだとか、全く根拠のない悪口を言われていた。

「私、人見知りでなかなか自分から仲良くなれないし、頭の回転が遅いから周りと上手く話を合わせられないし……。だから、いろいろ言われちゃっても仕方ないかなって思ってた。でも、光夏ちゃんはいつもかばってくれてたよね」

「それは……」

「私、何年経っても忘れられないことがあるんだ。四年生のとき、私がペンを盗んだって言われたの覚えてる？」

私は頷く。はっきり覚えていた。

ある日、いつも彼女に嫌味を言っていたグループのひとりが突然、『私の香りペンがない！』と騒ぎ出し、他の子たちが『春乃ちゃんが盗んだんじゃない？』と言い出したのだ。『私、知らないよ』と首を振る春乃に、彼女たちは揃《そろ》って詰め寄り、『じゃあ筆箱の中見せてよ、ランドセルも、ポケットも』などと勝手なことを言って、完全に犯人扱いを始めた。

「すごく怖くて、しょうがないから全部見せるしかないかなって思ってたら、光夏ちゃんが飛んできてくれたよね。私の前に立って、『あんたたちなにやってんの、証拠あるの⁉』ってかばってくれた」

それは、あまりにも一方的な言いがかりだったので、見ていられなかったのだ。春乃は人のものを盗《と》るような子じゃないと、私は知っていた。

それでも彼女たちは結託して、なんとか春乃を犯人に仕立て上げようとした。目が泳いでいたから、嘘だということは分かった。

「光夏ちゃんは、『証拠もないのに犯人扱いして責めるの？　そんなことしてたら、いつか自分たちに返ってくるよ』ってすごくすごく怒ってくれた。もう、すんごくかっこよかった！　本当にかっこよかったよ！　大好きーって思った！」

春乃はそう言って、立ち上がって私に抱きついてきた。

「私は光夏ちゃんが大好き。いちばん尊敬してる。いちばん信じてる」

「春乃……」

ぎゅうぎゅうと抱きついてくる彼女の腕があたたかくて、春風に包まれたような心地よさを覚えた。

「……ありがと」

自分の信条を貫くためにした行動でも、誰かを傷つけたり怒らせたりするだけではなく、誰かの役に立てたこともあったんだ。たとえただの結果論だとしても、少し救われる気がした。

「俺もだよ」

千秋が静かに口を開く。

「ねえ、光夏」

私は彼に目を向け、続きを待つ。

「俺は、子どものころから自分の気持ちを説明するのが得意じゃなかったし、顔に出すのも苦手だっただろ。それで馬鹿にされたりもして」

「うん……」

「俺自身も、自分はみんなと同じような感情がないのかな、とか思ってて……」

私は首を横に振った。そんなことはないよ、という思いを込めて見つめると、千秋はありがとうと言うように笑った。

彼は昔、今よりもっと静かで大人しかった。笑うことさえほとんどなく、怒るのなんて一度も見たことがなかった。それはおそらく彼の家庭の事情によるものだった。

千秋の両親は、彼が物心つく前に事故で亡くなってしまったという。そのあとは、親戚の家に引き取られたり、施設に入ったり、いろいろなところを転々としていたと聞いた。

そして小学一年のとき、彼は私たちの地元に引っ越してきた。父親の従兄《いとこ》の家に引き取られることになったのだ。

千秋を引き取った家族に、私も何度か会ったことがある。お父さんとお母さんと、千秋のひとつ上のお兄さんと、三つ下の弟。優しくて明るい養父母は、自分たち実子と分け隔てなく千秋に接しているように見えたし、兄弟とも仲良く過ごしていた。

「俺が口下手なのは生まれつきの性格だと思うし、今の家族のことを言い訳にはしたくないんだけど……でも、少しは関係があるのかもしれないと思う。みんな優しくて親切にしてくれるけど、でもやっぱり、この人たちが俺の家族だ、とは思えないかな。今でも、面倒を見てくれる人たちと、同居してる年の近い友達っていう感じがする。自分が家族の一員だなんてどうしても思えなくて、異分子が紛れ込んじゃってるなっていう自覚があるし、一緒にいても俺だけ少し離れたところにいるような感覚」

当然かもしれない。赤ちゃんのうちから育てられたのならまだしも、物心も分別もついた年ごろからだと、思いきり甘えたり、逆に思いきりわがままを言ったりケンカをしたりするのは難しいだろう。控えめな千秋の性格なら、なおさら。

「すごく感謝してるけど、やっぱり本当の家族にはなれないと思う。父さんと母さんも、自分の子たちには厳しく叱ったりしてたけど、俺にはいつも優しいし」

それは千秋が叱られるようなことをしないからじゃないかな、と口を挟みたくなったけれど、やめた。叱られるようなことを平気でやれるというのは、子どもらしい甘えの一種だと思うから。千秋は養父母に対する遠慮が拭えなくて、手放しで甘えることなどできないのだろう。

「わがままを言って困らせたらいけないとか、迷惑かけないように心配かけないようにいい子にしてようとか、ずっと思ってたからかな。俺は確かに人と話すのも本音を言うのも苦手だったし、自分から仲良くもなれなかったから……だから、いじられたりからかわれたりするのは仕方がないのかなって思ってたんだ」

千秋はなにをされても文句ひとつ言わなかったので、乱暴者の男子たちにとっては格好の餌食《えじき》になっていた。

「でも光夏は、俺をからかってきたやつに、『なにも言わないからってなにも感じてないわけじゃない、そんなことも分かんないの』って怒ってくれた。すごく嬉しかっている気がする。

私は小さく「それはよかった」と答えた。今日は一生分くらい褒め言葉をもらった。救われた」

千秋の小さな囁きに、私は頷く。彼がいつのことを言っているかは、すぐに分かった。たぶん彼がいちばん悲しみ、いちばん傷ついた日。

「あのときも……」

「五年生のとき、母さんの病気が分かって、もしかしたら治らないかもって言われて。長期入院することになって親族が集まって、治療のこととか、お金のこととか、子どもたちをどうするかとか、これからの相談をしてて……。みんな泣いてた。兄さんも弟も、父さんにしがみついてぼろぼろ泣いてた。でも……俺は、涙が出なかった。いつも元気に笑ってて、俺にも優しくしてくれた母さんがそんな重い病気だなんて、死ぬかもしれないなんて、すごくびっくりして、信じられなくて、本当に悲しかった。悲しかったのに、なぜか涙はちっとも出てこなかった。それに俺はなんにも言えなかった、血が繋がってない俺が、他の人たちと同じように悲しんでいいのか分からなかったから……。だから、ただ隅っこでみんなの話を聞くしかなかった」

その集まりの場で、千秋がどんな思いでひとり膝を抱えていたのか、想像するだけで切なくなった。

「そしたら、親戚のおじさんが俺を見て、『世話になっておきながら泣きもしないのか』って怒鳴ったんだ。それで他の人も俺に怒り始めた。恩知らず、薄情者、心がないのか、本当の親の愛を知らないから人間の心が分からないんだって……。父さんが『やめてください』って止めてくれたけど、みんなの怒りは収まらなかった」

たぶん親戚の人たち、悲しみに心を冒されて、やり場のない怒りの矛先を千秋に向けたんじゃないかと思う。本当に彼のことを責めたかったのではなくて、怒りをぶつける相手が欲しかったのだ。

気持ちは分からないでもないけれど、幼い千秋を理不尽に傷つけたことは許せない。

「俺は、どうすればいいか分からなくて、とにかく必死に謝ってから、家を飛び出した」

大人たちに取り囲まれ口汚く罵《ののし》られて、小さな身体できっと『ごめんなさい、ごめんなさい』と何度も謝り、逃げるように外へ出た千秋の姿を思い描くと、あまりにも悲しくてやりきれない。

「他に行くところなんてなかったから、いつも遊んでた公園に行って、なんにも考えられなくてただぼーっとしてた。気がついたら夕方になってて、でも、帰っていいのか分からなくて、やっぱりそのままぼーっとしてた。そしたら、急に誰かが走ってくる足音がして……光夏が来てくれた」

千秋が私に目を向け、ふわりと微笑んだ。

「うん……千秋のお父さんからうちに電話が来て、千秋がいなくなった、どこにいるか分からないって言うから、慌てて探しにいったんだよね。たぶん千秋はあの公園にいるはずだと思って」

「光夏は顔を真っ赤にしてぜえぜえ言ってて。あのころはもう一緒に遊ぶこともなくなって、全然話さなくなってたのに、俺のためにすごく急いで来てくれたのが分かって、嬉しかった。嬉しくて、目が壊れたみたいに涙が出てきて止まらなくなって……。どうしようもなくなって、どうしても我慢できなくて、光夏に全部ぶちまけた」

あのときの千秋の姿は、今でも忘れられない。顔をぐしゃぐしゃにして泣きじゃくりながら、彼は弱々しい声で小さく呟いた。

『俺、心がないって言われた。そうなのかな……』

私は怒りに震えながら、『そんなわけない』と答えた。

「光夏が言ってくれた言葉、今でもはっきり覚えてるよ。『心がない人間なんていない。千秋は他の人よりちょっとだけ、自分の気持ちを顔に出したり言葉にしたりするのが苦手なだけで、みんなと同じように、むしろみんなよりもたくさん感じて、たくさん考えて、いろんなこと思ってる。私は知ってる』って。そして、俺の手をぎゅって握って、俺が泣き止むまでずっと繋いでてくれた」

千秋がふうっと深く息を吐いた。

「ああ、そっか、って思った。俺はだめ人間なんかじゃない、光夏が言うなら間違いない、って。……あのときも、光夏の言葉と優しさが、俺を救ってくれたんだよ。こんなにあったかい手は、きっと世界のどこにもない、俺はなんて幸せ者なんだろう、って思った」

私はそっと目を閉じて、金色の雪のような銀杏の葉が舞い散る公園で、千秋と過ごしたあの時間を、記憶の中でなぞる。

夕闇に包まれた公園の片隅でうずくまる千秋を見つけたとき、初めて出会った日の彼の姿と重なって、無性に切なくなった。殻《から》にこもるような背中に、私はそっと話しかけた。

『私、帰ったほうがいい？　ひとりになりたい？』

すると彼はゆっくりと顔を上げて、ふるふると首を振った。

『一緒にいてほしい』

ひとりでは心細いのかと思って、『千秋のお兄ちゃん呼んでこようか？』と訊ねたら、また彼は首を振った。

『光夏に、一緒にいてほしい』

今思えば、あれは私が生まれて初めて、他人から私自身の存在を、他の誰でもない私を、心の底から求めてもらえた瞬間だったのだと思う。

彼の表情と言葉に、胸がすごく苦しくなって、でもそれがなぜなのか、どういう感情なのか、あのころの私にはよく分からなかった。

『俺と一緒にいて、光夏』

今なら分かる。私は嬉しかったのだ。誰かに必要とされること、自分だけを見てくれる人がいること。

私は大きく頷いて、千秋の隣に座り、その手をぎゅっと握った。彼が安心したように息を吐くと同時に、強張っていた彼の肩の力が抜けていくのが分かった。

『光夏が隣にいてくれると、あったかい気持ちになる』

胸に秘めていたつらい気持ちを打ち明けてくれて、少し泣いたあと、彼は私の肩に頭を乗せてそう言った。

『光夏はすごいね。光夏がいてくれてよかった……』

その手は、真っ白になるくらいに強く強く、私の手を握りしめていた。

しばらくして彼が慌てたように顔を上げて、

『ごめん、痛かった？』

と訊ねてきたのも懐かしい。私は笑って『全然痛くない』と答えた。

本当に懐かしかった。懐かしいことを、今日はたくさん思い出している。

こんなに大切ないくつもの記憶を、私はいつから思い出さなくなってしまっていたのだろう。

「母さんの退院のときもだったね」

千秋がまた口を開いた。

「無事に手術が成功して、すごく嬉しかったけど、俺はみんなみたいに泣いて喜んだりできなくて、治療で苦しんでる母さんにもなにもしてあげられなかったから、後悔ばっかりだった。でも光夏は、『毎日千秋がお見舞いにきてくれてお母さんは嬉しかったと思う、それだけで気持ちは十分伝わるよ』って言ってくれた。その言葉にも俺はどれほど救われたか」

千秋が噛みしめるように言った。

「俺たちはみんな、光夏に助けられてきた」

冬哉の声に、私は目を上げた。大切な思い出をたくさんくれた三人の幼馴染を、じっと見つめる。

「だから俺たちは、光夏に恩返しがしたいんだ」

「もしも光夏ちゃんが今困ってるなら、今度は私たちが光夏ちゃんを助ける番だから」

春乃がにっこりと笑う。そして千秋が「光夏は」と囁いた。

「光夏は、俺たちの光だ」

まるでなにかの歌詞みたいな台詞《せりふ》。意表を突かれて目を丸くしていると、聞き取れなかったと思ったのか、彼はもう一度「光夏は俺たちの光」と言った。

「光……？」

三人が深く頷く。

「そう、光。つらいとき、苦しいとき、俺たちを救ってくれた光」

冬哉が繰り返し、春乃は「そうだよ」と何度も首を縦に振った。

それから千秋が「でも」と口を開く。

「やましいところがあるやつらには、きっと光夏の光は、眩しすぎるんだ。だから、攻撃することでなんとか輝きを減らそうとするんだ」

島野たちのことを言っているのだろうか。

「ほんと許せないよね」

春乃が唇を噛み、心から悔しそうに呟いた。千秋が同意するように頷いて続ける。

「うん、許せない。俺たちは、光夏を攻撃するやつらを許さない」

声が出なかった。どう答えればいいか分からない。こんなに力強い言葉をもらったのは、初めてだった。

「俺たちは、絶対に、いつまでも、光夏の味方だよ」

ひとつひとつの言葉を区切って、私に言い聞かせるように、千秋がきっぱりと言った。

「だから、困ってることがあるなら言ってほしいし、嫌な目に遭ったら打ち明けてほしい。そしたら、俺たちにできることは、なんだってする」

そこまで言って、彼は言葉を詰まらせた。俯いてふうっと息を吐き出し、呻くような声を洩らす。

「どうして、この言葉を、もっと早く、言ってあげられなかったんだろう……」

春乃と冬哉を見ると、彼らも千秋と同じように苦しげな表情を浮かべていた。

胸が痛い。私がいじめられている事実を知ったことが、こんなにも彼らを苦しめているのだろうか。

だから知られたくなかったのに。せっかく楽しい高校生活を送っている三人の日々に、暗い影なんて落としたくなかったのに。

私は深呼吸をして、意識的に明るい声を出した。

「そんな顔しないで！　私、みんなが思うほど落ち込んでないよ。あんなやつらにちょっと嫌がらせされたくらいで、いちいち落ち込んでたら生きていけないもん。全然平気だから、そんな気にしないでよ。……いじめなんて、放っとけばそのうち終わるんだし。あと半年でクラス替えもあるしさ、ぜーんぜん大丈夫――」

「光夏」

千秋の声が私の言葉を遮った。はっとして口をつぐむ。

目を向けると、彼はひどくつらそうに顔を歪めていた。

「……光夏は、傷ついてるんだよ」

息が止まるかと思った。

一気に早まった鼓動が、身体の隅々に反響しているような感覚に陥る。

私は浅い呼吸を繰り返したあと、なんとか気を取り直して首をふるふると振った。

「傷ついて、なんか――」

「傷ついてるよ」

性懲りもなくまた虚勢を張ろうとしてしまった私に、千秋はきっぱりと断言した。

とうとう心臓を貫かれたような気がする。もうなにも言えなくなる。

「ねえ、光夏」

彼の表情がふっと和らぐ。

「傷ついたって、いいんだよ」

優しく包み込むような声音だった。

「傷ついたっていいんだ。泣いたっていいんだ。弱ったっていいんだ。それは情けないことなんかじゃない。恥ずかしくなんかない」

頭の中を覗かれているんじゃないか、と思った。

どうして千秋はこんなに私の気持ちが分かるんだろう。どうして、私がこの四ヶ月間考え続けてきたことを、彼は知っているんだろう。

「傷ついたなら、傷ついたって言えばいい。『酷いことされた』って嘆《なげ》いていいし、泣いていいし、『許せない』って怒り狂えばいい。『悲しい、悔しい、腹が立つ』って言ってくれたら、俺たちがあいつらをやっつけるよ」

ふ、と笑みが洩れた。

「やっつけるって……似合わないなあ」

私は知っている。千秋はすごく優しいのだ。戦隊もののアニメも、痛そうで可哀想だから好きじゃないと言っていたくらいだ。そんな彼には、たとえどんな理由があっても、人を痛めつけることなんてできっこないのに。

「似合わなくても、絶対やっつける」

千秋は決然と言った。

「だから、俺たちには、弱音を吐いていいんだよ」

彼の優しい笑顔が、透明に歪んでいく。

「もう隠さなくていいんだ。光夏の弱さを、見せてよ……」

うう、と喉から呻き声が洩れた。

ぼろぼろと溢れた涙が、頬を、顎を、首を伝っていく。

「──つらい」

吐き出したその言葉は、さっきよりもずっと切実な響きをもっていた。たぶん私がこの単語を口に出したのは、今日が初めてだと思う。ずっと、つらいと言わないように生きてきたから。

「悔しい。むかつく。苦しい。……つらい」

言ったら負けだと思っていた。口に出してしまったら、その感情が本物になってしまって、その言葉に呑み込まれてしまって、後戻りができなくなるような気がしていたのだ。

つらいと思っている自分を、弱った自分を知られたくなかった。なににもめげない、弱点のない、強い人間でいたかった。

どうしてこんなふうに強がってしまうのか、自分でもよく分からない。

一度お母さんが、『光夏ちゃんは全然弱音を吐かないわね』と言ったことがあった。たしかクラスの男子に意地悪されたと泣きじゃくる妹と、友達とケンカしたといじける弟を両側に抱きしめながら。

『この子たちはこうやってよく泣きついてくるのに、光夏ちゃんはこういうことしないものね。もしかして、弟と妹がいるからお姉ちゃんの私は甘えられない、しっかりしなきゃって我慢してるんじゃない？　つらくても言えずに頑張っちゃってるんじゃない？　お母さんがこの子たちにばっかりかまってるから……』

心配そうに、申し訳なさそうに言われて、私は『そんなわけないじゃん』と笑い飛ばした。

『我慢なんかしてないよ。別につらいこととかないもん』

そのころは、本当にそうだったのだ。学校では上手くやれていたし、不安なことなんてなんにもなかった。

でも、あのときはっきりと言葉にしたことで、自分に暗示をかけたような気もする。私はなにがあっても弱音を吐いちゃいけない。小さい弟と妹の世話で大変な親に、心配をかけちゃいけない。なんでも自分ひとりの力で解決しなきゃいけないし、私にはそれができる。

いつしかその暗示は私の呪縛《じゅばく》になり、なにがあっても誰かに自分の本心や弱さを明かすことはなくなった。

それで平気だったのだ、中学までは。

まさか自分にいじめが降りかかるなんて、思いもしなかった。

「……ずっとつらかった。すごくつらかった……」

だけど、傷ついている自分なんて受け入れたくなかった。いじめられている自分を認めたくなかった。だから、嵐が過ぎ去るのをひたすら待とうと思っていた。

でも、つけられた傷は、どうしようもないくらいに深く、内側から私を蝕《むしば》んでいた。つらい、とひと言吐き出しただけで、こんなにも涙が止まらなくなるほどに。

「つらかったね……」

しゃくり上げて泣きじゃくる私を、春乃も泣きながら抱きしめてくれた。

「あんなことされて、つらくないわけないよな」

冬哉も泣きそうな顔をしている。

「光夏、頑張ったね」

千秋の両手が私の手をそっと包み込んだ。

「でも、頑張りすぎだよ……」

私は泣きながら、ふふっ、と笑いを洩らした。

頑張っているつもりなんかなかったけれど、肩肘《かたひじ》を張って虚勢を張って、固い固い殻にこもっていたのだと、やっと自覚する。

「あー、なんか、泣き疲れちゃった……」

泣いて泣いて、涙が涸《か》れ果てたあとは、妙にすっきりとした気分だった。まるで、心に溜まった汚れを突風が吹き飛ばしてくれたかのように。春の陽射しを受けて、凝《こ》り固まった雪が解けきったかのように。

うーん、と伸びをして、空を見上げる。

銀杏の枝葉の向こうに広がる夕焼け空。鮮やかなオレンジ色に染まる校舎。綺麗、と思った。世界はこんなに美しかっただろうか。

問題はなにも解決していない。明日からも私は無視されるだろうし、島野たちは陰《いん》湿《しつ》な嫌がらせをしてくるだろう。花瓶や落書きどころではない、もっともっと悪質ないじめをされるかもしれない。

でも、不思議と心は軽かった。

「なんかあったらすぐ言えよ、光夏。俺がマジでボコボコにしてやるから！」

「授業中は無理だけど、休み時間は一緒にいようね、光夏ちゃん。昼休みはみんなでここでお弁当食べよ！」

冬哉と春乃が力強く励ましてくれる。

「もうA組なんか行かないで、うちのクラスに来たら？　光夏」

千秋はそんな突拍子もないことを言った。

「俺の隣の席、空いてるよ。そしたら一日中ずっと光夏と一緒にいられる。そうなったら、俺はすごくすごく嬉しい」

「千秋……なに言ってるの……」

頬が熱くなるのを自覚して、さらに恥ずかしくなった。

冬哉が「熱烈だなー」と千秋を冷やかし、春乃も「愛の告白？」と笑う。それでも千秋は少しも照れたりせず、「そうだよ」と返した。

「ちょっと……もうやめて……顔から火が出そう」

両手で顔を押さえて呻くと、みんな笑い声を上げた。

三人は曇りのない眼差しで、ただただ私を見つめている。味方、という言葉が甦り、じんわりと胸に染み入った。

なんの打算《ださん》もなく味方だよと言ってくれる人がいるだけで、こんなにも全身に力が満ちてくるのだ。

つらいことは、きっとこれからもたくさんあるだろうけど、なんとか生きていけるかもしれない。

だって私には、強くて優しくて頼れる幼馴染が、三人もいるんだから。

「……ありがとう」

顔を上げて、心強い仲間たちに笑いかけた。

「ありがとう。春乃、冬哉、千秋――」

瞬間、私の視線は彼らを通り抜け、校舎の一階の窓に釘《くぎ》づけになった。

銀杏の木の下のベンチに腰かける、三人の生徒が映っている窓に。

――私は、そこにいない。

七章　銀杏《いちょう》散る

本当は、頭のどこかで分かっていた。その違和感に、ずっと気づいていた。

でも、心がどうしても認めようとしなかったのだ。

二学期になってからもう一ヶ月以上経つのに、一度も授業中に指名されない。提出物を出しても添削《てんさく》されていない。私の分だけプリントが配布されない。日直が回ってこない。

＊

とうとう先生たちまで無視に加わったのか、と思っていたけれど、おかしいのはそれだけではなかった。

クラス中から無視され、話しかけられないのは一学期と変わらないものの、一日中学校にいて誰とも目が合わないというのは、さすがに不自然だった。もちろんときどきこちらを見る人はいたけれど、その視線はなぜか私自身ではなく、私の机や椅子に向けられていた。

いくら集団無視の対象とはいえ、全く視界に入れない、視線を合わせないというのは、狭い教室に四十人が詰め込まれている以上、ほとんど不可能なことだ。

私は、私だけが映っていない窓から視線を外し、ゆらりと立ち上がった。

「——ちょっと、ごめん……一瞬、家に帰ってくる……」

そう呟くと、三人は驚いたように小さく声を上げ、それから顔を見合わせた。

「学校から……出るの？」

おそるおそる、というように、春乃が訊ねてくる。私は宙を見つめたまま黙って頷いた。

「行くのか……」

冬哉が眉を寄せて、不安の滲む声で言う。

隣の千秋が腰を上げて、「じゃあ」と声を上げた。

「俺も一緒に行くよ」

「うん……」

春乃と冬哉に見送られ、私はふらふらと歩き出した。

後ろからついてきた千秋が、ふいに私の手をとる。

「手を繋いで行こう」

彼はきっぱりと言った。そうしなければならない、というような、決意と覚悟に満ちた口調で。

私はぼんやりと頷き、力なく握り返す。

「……本当に、行くの？」

校門の前で足を止めた私に、千秋が小さく訊ねてきた。

「うん……行かなきゃ。確かめなきゃ」

私は彼よりもっと小さな声で答えた。繋がれた手に力がこめられる。

「大丈夫だよ。俺がついてるから」

「……ありがとう」

私はひとつ深呼吸をして、一歩踏み出した。

外の世界は、もう眩しいとは感じなかった。

アスファルトの地面を、私はぐっと踏みしめる。

＊

「初めて会ったときのこと、覚えてる？」

自宅マンションへと続く道を歩いているとき、千秋がふいに呟いた。

目を向けると、彼は小さく笑みを浮かべている。

「うん……小学一年の夏だったよね」

「そう、九年前、光夏に出会った、あの日のこと……」

出会ったころの千秋の姿を思い出す。女の子みたいに小さくて細くて、すごく綺麗な男の子、と驚いたのを今でも鮮明に覚えている。

「引っ越してきたばっかりのころ、いつも学校からまっすぐ帰る俺に、母さんは『お友達できた？』って毎日のように訊いてきて、『お手伝いなんてしなくていいんだからね、遠慮しないでお友達と遊んできていいんだよ』って何度も言ってくれた。俺はただ、人見知りで友達ができなかったし、暇だから家に帰って手伝いでもしようって思ってただけなんだけど、それだと心配させちゃうんだって気がついて……」

ほんと鈍いよね、と千秋は小さく笑った。

「それで、昼過ぎに学校から帰ったら荷物を置いて、遊びに行くふりをして家を出て、夕方になるまでぶらぶら散歩したり、そのへんの植物とか観察したりして、適当に時間をつぶしてたんだ」

確かに、マイペースな千秋なら、ひとり遊びでも十分楽しめていたのかもしれない。でも、たったひとりで道端にしゃがみ込んで、あたりが暗くなるのをひたすら待っていたなんて、やっぱり切ない。

「それで、あの日も同じようにぶらぶら歩いてて、公園を見つけた。中ではたくさん子どもが遊んでて、楽しそうだった。花壇のふちに座って、ぼんやり蟻《あり》の行列を見てたとき、『ねえ、なにしてるの？』っていきなり声をかけられた」

千秋が私を見つめる。

「それが、光夏だった」

あの日、いつものように春乃たちと公園で遊んでいて、かくれんぼをしていたのだったか、たぶん隠れる場所を探してうろうろしていたときに、公園の外に座り込んで俯いている見慣れない男の子を見つけた。しばらく見ていたけれど、その子はぴくりとも動かずに下を向いていて、気になって声をかけたのだ。

『ねえ、なにしてるの？』

男の子はゆっくりと顔を上げた。真っ白な肌が陽射しを受けて透き通るようで、さらさらの真っ黒な髪がきらきら光っていた。わあ、綺麗な子、と心の中で叫んだ。

『座ってる……』

男の子はどこかぼんやりとした表情で、ぽつりと答えた。その表情も、答え方もおかしくて、私は思わず笑った。

面白い子だ。仲良くなりたい。そう思って訊ねた。

『なんで中に入らないの？　みんなと遊ぶの嫌いなの？』

『……嫌いじゃないよ』

男の子は戸惑ったような顔で答えた。

「光夏は笑って、『よかった。じゃあ、一緒に遊ぼうよ』って、俺に手を差し出した。その手を掴んだ瞬間、俺は初めて気づいたんだ。ああ、俺はみんなと遊びたかったんだ、仲間に入れてほしかったんだ、って」

少し照れたように微笑んで言う千秋を見て、あのとき声をかけてよかった、と心から思う。空気が読めない人間でよかった。知らない子が相手でもずかずか近づいて、無遠慮に声をかけられる図太さがあってよかった。

もしそうじゃなかったら、千秋はずっとあの公園の片隅でひとり座り続けていたかもしれなかったのだ。

「冬哉と春乃を紹介されて、俺も光夏に言われて自己紹介をして、『千秋はなんの遊びが好き？』って訊かれた。なにが好きかなんて考えたこともなかったけど、光夏は『砂遊びが好きなんだ？』って急に言った。びっくりして『なんで？』って訊き返したら、『だって今、砂場のほうじっと見てた』って。光夏は俺自身も気づいてなかったことに気づいてくれたんだ」

「…………」

千秋はいつも私のことを特別なように言ってくれるけれど、実際にはあのとき彼は、公園の中をぐるりと見渡したあと、砂場のほうを凝視していたのだ。だから別に私じゃなくても、誰だって気づけたと思う。

でも、そんな分かりやすい気持ちを千秋が自覚できなかった事情を思うと、簡単には口に出せない。

みんなで遊んでいるうちに、千秋も同じ小学校に通っていることが分かった。十クラスもある大きな学校だったので、一年生の私たちは他のクラスの転校生のことなんて少しも知らなかったのだ。

翌日から毎日一緒に遊ぶようになった。

「懐かしいな……」

遠い記憶に思いを馳せて口許を緩めたとき、曲がり角に差しかかり、マンションが見えてきた。

心臓が、異常なほど激しく動悸し始める。

「俺が本当は寂しかったことも、上手く口に出せない言葉を心の中に溜め込んでたことも、自分でも分かってなかった思いも、全部全部、光夏だけが気づいてくれた」

千秋が私の手を強く握り、噛みしめるように言った。

「……でも、俺は、いちばん大事なことに気づいてなかった」

その言葉に視線を戻すと、彼は悲しみを湛《たた》えた瞳で私をじっと見つめていた。

「光夏は俺以上に、自分の気持ちを口に出すのが苦手だってことに――俺は気づけなかった」

千秋の気持ちが伝染したかのように、自分の表情も歪んでいくのを感じる。

「ねえ……千秋」

囁くように呼ぶと、彼は柔らかい声で「うん」と応じてくれた。

私はその手をぎゅうっと強く握り返し、「あのね」と口を開く。

「私……ここに、いるよね？」

そう訊ねた瞬間、千秋が息を呑んだ。

「いるよ！」

悲痛な声で彼は叫んだ。と同時に、きつく抱きしめられる。そのぬくもりは私の心を優しく包み込み、気持ちを落ち着けてくれた。

「光夏はいるよ、ここに……」

「うん……私のこと、見えてるよね？」

「ちゃんと見えてるよ。俺には見えてる」

千秋は私の肩に額を押しつけて言ったあと、顔を上げた。視線が絡み合う。

「光夏はここにいる。俺の目には、はっきり見えてるよ」

彼の澄んだ瞳に、私が映っている。確かに映っている。

「……うん」

こんなに綺麗な瞳に映れるのなら、他の誰にも姿が見えていなくたっていい。

「ありがとう」

私は小さく笑い、「ちょっと行ってくるね」と言った。

千秋は微笑みを浮かべ、「待ってるよ」と頷く。

「ここで待ってる。光夏が帰ってくるまで、ずっと待ってるから」

「うん……ありがとう」

またあとで、と私は手を振って歩き始めた。

「行ってらっしゃい。気をつけて――」

千秋は泣きそうな顔で私に手を振った。

＊

エントランスの自動ドアをすり抜け、エレベーターに乗る。

三階で降りて、左側のふたつ目の部屋。そこが、私の家だ。

中に入った瞬間、異状に気がついた。

お母さんがかなりの綺麗好きなので、普段なら家の中はきっちりと整理整頓され、清潔に保たれている。でも今は、あちこちに物が散乱し、部屋の隅には埃《ほこり》もうっすら溜まっていて、ずいぶん荒れている。

この時間ならお母さんはパートから帰って夕食の支度をしているはずなのに、なぜかなんの音もせずひっそりと静まり返っている。

私は足音を忍ばせて、まずは玄関を入ってすぐの自室に入った。

見慣れた学習机、本棚、ベッド、クローゼット、姿見。いつも通りの私の部屋。

でも、なにかが違う。

机とベッドの間を歩いて、掃き出し窓の前に立つ。カーテンを開け、ガラス戸を開けると、そこにはベランダがある。

一歩踏み出した瞬間、私の脳裏《のうり》に、ある記憶が閃《ひらめ》いた。

全ての点が繋がっていく。

「ああ……そうか……」

声にならない声で呟いた。

しばらくベランダに立ち尽くして室内に戻り、そろそろと廊下を歩いて、リビングに入った。

電源の入っていないテレビの真っ黒な画面を眺め、ゆっくりとダイニングに目を向ける。

そこには、お父さんとお母さんが座っていた。平日の夕方にお父さんが家にいるのを初めて見た。

私は柱の陰に身を隠し、ふたりの様子を窺う。

「顔色が悪いぞ。ちゃんと眠れてるのか」

お父さんがお母さんにひっそりと訊ねる。

「眠れるわけないでしょう……」

お母さんは消え入りそうな声で小さく答えた。お父さんが肩で息をつく。

「気持ちは分かるが、お前が倒れたら元も子もないだろう。ちゃんと休まないと」

「でも、眠れないんだもの、しょうがないじゃない……」

お母さんはテーブルに肘をついて両手で顔を覆った。

「こんなことになるなんて……。私が下の子たちにばっかり気をとられてたから……私がもっとあの子をちゃんと見てあげてたら……っ」

声を詰まらせたお母さんの肩を、お父さんが優しく撫でる。

「それを言うなら、俺も同じだよ。もっと家にいる時間を作ったらよかった……仕事なんか放り出してでも……」

「……こんな取り返しのつかないことになって初めて気がつくなんて、私たちはなんて馬鹿なのかしら。親失格だわ……」

ふたりは黙り込み、身を寄せ合って動かなくなった。

玄関のドアが開く音がした。こっそり覗き見ると、弟の海斗《かいと》と、妹の葉月《はづき》だった。

一緒に帰ってくるなんて珍しい。

ふたりはランドセルをソファの上に投げ出すと、両親のもとに駆け寄り、黙って抱きついた。いつもならうるさいくらいに元気いっぱいで、帰宅早々大騒ぎで暴れ回るのに。

静かだった。怖いくらいに静かだった。私の知らない家みたいに。

リビングのほうに目を戻す。テレビボードの上には、家族の思い出の品がたくさん飾られていた。

家族みんなで行ったディズニーランドや温泉旅行の写真。

お父さんが出張のお土産《みやげ》に買ってきてくれた、願いが叶うという砂の入った小瓶。

お母さんが高校の合格祝いに贈ってくれたドライフラワーの花束。

海斗と葉月が私の誕生日に、お小遣いを出し合ってプレゼントしてくれた写真立て。

ああ、私、愛されていたんだ。

涙がつうっとひと筋《すじ》こぼれ落ちる。

どうして気づけなかったんだろう。家族からこんなにも愛されていたこと。幼馴染たちからあんなにも思われていたこと。

なにひとつ気づかなかった。なにもかも見落としていた。

確かにそこにあったのに、見失っていた。自分は渇ききった大地にひとりで佇んでいるのだと思っていた。違うのに。違ったのに。

でも、今さら気がついたって、もう遅い。もう取り返しがつかない。

私は全て失ってしまった。奪われたのではなく、自分から手を離したのだ。

大切なものを握りしめていることに気づかずに、拳の中は空っぽだと思い込み、なんの迷いもなく手を開いてしまった。

そして、全てがこぼれ落ちた。

「——どうして、あんなこと、しちゃったんだろう……」

答えなど与えられるはずもなく、私は足音を忍ばせて玄関を出た。

*

「おかえり、光夏」

泣き腫らした目の千秋が、エントランス前の歩道で待っててくれていた。

私は「ただいま」と笑い返してから、ひと呼吸置いて呟く。

「あの花瓶は、そういうことだったんだね」

「………」

千秋が苦しげな吐息を洩らした。

ゆっくりと空を仰ぐ。そびえ立つマンション。三階北側のベランダ。

九月一日の朝、学校に行けなかった私は、あそこから——飛び降りた。

自分への失望と、未来への絶望で胸をいっぱいにして。

「――私、死んじゃったんだね。本物の幽霊に、なっちゃったんだね……」

その瞬間、視界が金色の光に包まれた。目を開けていられないほどに目映い光。

反射的に俯いた私は、はっと目を見開く。

光っているのは、私の身体だった。身体中から、光が溢れ出していた。

驚く間もなく、私の身体は、迸《ほとばし》る光に内側から壊されるように、徐々に崩れ始めた。

鱗《うろこ》のようにぽろぽろと剥《は》がれ、ゆっくりと落ちていく、金色のかけら。

まるで金色の雪みたいだ。黄色に染まった銀杏の葉がはらはらと落ちる、あの夢のように美しい光景――千秋と見たあの光景を思い出した。

頭上からひと筋の光が射してきた。思わず目を細める。光が私を優しく包み込む。

そっか、私、あの世に行くんだ。幽霊になって彷徨《さまよ》ってたけど、とうとう成仏《じょうぶつ》するってことか。

じゃあ、千秋にお別れを言わないと。

幽霊の私を、いちばんに見つけてくれた千秋に。

そう思って目を上げた瞬間、「違う！」と千秋が叫んだ。

「違う！　光夏、違う！　違う違う違う!!」

泣きじゃくりながら、必死に現実を拒絶するように、激しく首を振っている。

自然と口許が緩んだ。私の死を受け入れられない、受け入れたくないと思ってくれる人がいる。それはなんてあたたかいことだろう。

でも、そうしているうちにも身体はどんどん崩れ落ちていく。足元には金色のかけらが雪のように積もっていた。

だから、早くお礼とお別れを伝えなきゃ。

「千秋……ありがとう」

精いっぱいの笑顔を浮かべて、千秋に手を振った。

せめて最後くらいは、綺麗な千秋の瞳に、綺麗なものとして映りたかった。

「千秋に会えてよかった……」

「光夏、光夏!!」

風が吹き、足元のかけらが一気に空へと舞い上がった。金色の吹雪だ。

こんな美しいものに包まれて最期《さいご》を迎えられるなら、きっと千秋の思い出の中で、少しは綺麗な私でいられるかもしれない。

身体がふわりと浮かび上がった。その瞬間、彼は私の腕を掴んだ。でも、もう感覚はない。

「さようなら、千秋――」

最後のひと言のつもりで告げると、千秋は燃えるような眼差しで私を睨みつけた。

こんな目ができるのか、と息を呑む。

「光夏は死なない!!」

あたりに響き渡るほどの大声で、千秋が叫んだ。

「光夏は死んだりしない！　だって、あのとき、約束した……!!」

千秋の両腕が、私の背中へ回される。抱きすくめられた、と思ったけれど、やっぱり感覚はなかった。

「死ぬな、死ぬな、死んじゃだめだ……」

降り注ぐ光の洪水の中に、苦しげに歪んだ千秋の顔が薄れていく。

「光夏、俺、待ってるから！　帰ってくるまでずっと待ってるから！」

待たなくていいよ、と伝えたかったけれど、もう声にならなかった。

「光夏、絶対にまた会おう……!!」

それが、私の聞いた最後の声だった。

＊

夢を見た。夢のように幸せな夢。

金色に染まった銀杏の木の下で、私は千秋と肩を並べて座り込んでいる。

どこからか金木犀の香りがする。
足下は一面、鮮やかな黄色の落ち葉に埋め尽くされている。
『金色のじゅうたんみたい』
私は言った。
風が吹いて、頭上から銀杏の葉が降り注ぐ。
『金色の雪みたい』
千秋が言った。
『綺麗だね、光夏。天国みたいだ』
『でも、天国は死んだ人が行くところだから、ちょっと縁起《えんぎ》が悪くない？』
私がそう言うと、千秋は自慢げに口角を上げた。
『俺は、光夏と一緒なら、天国だって怖くないよ』
私も負けじと言い返す。
『私も怖くないよ。天国に行くときは、千秋と一緒に行くから』
彼は心底嬉しそうに笑った。
『約束だよ、勝手に先に行ったら、絶交だからね』
そして私たちは、小指をからめて指切りをした。
千秋は満足げに笑い、ふいに腰を上げて、輝くじゅうたんの真ん中に立った。その顔には、とてもとても幸せそうな表情が浮かんでいた。美しい光景だった。

ああ、そうだった。思い出した。

あの日、手を繋いで過ごした公園で、金色の雪を全身に浴びながら、私たちは約束したんだ。天国に行くときは一緒だよ、って。

それなのに、私は。


さよなら、千秋。

約束、破っちゃって、ごめんね——。

八章　水澄《みずす》む

＊

瞼ごしに、光を感じた。

粘ついた泥《どろ》の中から引き上げられるような感覚とともに、指がぴくりと震える。

薄く目を開けると、ぼんやりとした視界が白に染まった。何度も瞬きを繰り返す。

それが天井だと分かるまでに、ずいぶん時間がかかった。

まさか、保健室? 私、もしかして倒れた?

そう思って身を起こそうとしたときだった。

「——光夏」

名前を呼ばれた。

耳がなんだかぼわぼわしていて、よく聞こえない。目も重たくて、よく見えない。

ゆっくりと瞬きしながら、なんとか視線を動かそうとしていると、今度は違う声が私を呼んだ。

「光夏」

「光夏ちゃん」

「姉ちゃん」

「お姉ちゃん」

重なり合う四つの声。

その声に呼び覚まされるように、頭の中の靄《もや》が少しずつ晴れていく。

でも、身体が動かない。全く思い通りにならない。

かなりの時間をかけて、声のするほうへ顔を向けた。

焦点が合わない。視界がぼやけている。何度も何度も瞬きをして、やっと姿をとらえることができた。

その瞬間、一気に意識がはっきりした。全てを思い出した。

お父さん。

お母さん。

海斗。

葉月。

そして、千秋。

みんな、涙で頬を濡らしている。

「──い……」

ひどくかすれていたけれど、なんとか声を出せた。

この言葉だけは、今、今すぐに、ちゃんと言わなきゃ。

「ごめん、なさい……」

わあああ、と慟哭《どうこく》が響き渡る。お父さんとお母さんと、海斗と葉月が私の横たわるベッドに倒れ込み、大声を上げて泣き出した。

千秋はその横で、同じようにぼろぼろと涙を流しながら、私の手をそっと握る。

「千秋……」

「私、生きてるの……？」

笑えるくらいかすれた声で訊ねる。

涙でぐちゃぐちゃの顔で、千秋は笑った。

「生きてるよ。生きてる。光夏は死なないって、言っただろ……」

「うん……」

私は瞼を下ろして、小さく頷いた。

目尻《めじり》に涙が伝う。

喉がからからに渇いて、上手くしゃべれない。

全身が痛くて、動けない。

だから、生きてる、と実感した。

私は生きている。死んでいなかった。死んでいなかったんだ——。

泣きじゃくっていた家族の涙がやっと落ち着いてから、少し話をした。

お父さんは何度も何度も、

「喉が渇いてるだろう、腹は減ってないか」

と心配そうに言ってくれた。私は「大丈夫」と頷き返した。

「光夏ちゃん、私たちが誰か分かる？」

とお母さんが泣き腫らした目で訊いてきたときは、まるでドラマの台詞のようで、思わず少し笑ってしまった。

「姉ちゃん、大丈夫？」

「どっか痛いとこない？」

海斗と葉月も涙目で私にしがみついてきた。

「大丈夫だよ……。心配してくれて、ありがとね」

どうしてもかすれてしまう声でなんとか答えると、ふたりはまたわんわん泣き出してしまった。

私が目を覚ましたと知らされて診察にきたお医者さんが、お父さんたちに言った。

「急にたくさん話すと疲れてしまうので、続きは明日にしましょう」

家族は名残惜《なごりお》しそうにしていたけれど、お母さんは何度かふらついていたし、海斗たちも顔色が悪いような気がしたので、

「私はもう大丈夫だから、今日は早く帰って家でゆっくり休んで」

と頼んだ。それでやっと、みんなはしぶしぶ荷物をまとめ始めた。

別れ際、家族と一緒に病室を出ようとする千秋を、私は呼び止めた。彼に言わなくてはならないことがあるのを、思い出したのだ。

「父さんたちは帰るから、あとはふたりで話しなさい。無理はしないように」

「また明日の朝いちばんに来るわね」

お父さんとお母さんがそう言って手を振ったので、私は「ありがとう」と頷いた。

ふたりに頭を下げた千秋が、ベッドの傍らに腰かけた。

「あのね……」

「ごめんね、千秋……」

しゃべりすぎて痛む喉から、必死に声を絞り出す。

「ん？」

「約束破って、ごめんね……」

千秋が目を見開いた。

「約束のこと、思い出してくれたの？」

うん、となんとか首を振る。

「絶交……しないでね」

千秋が小さく噴き出した。

「しないよ。だって、光夏は約束破ってないから」

彼は私の手を両手で包み込み、祈りを捧げるように目を閉じて額を寄せた。

「生きてるから……」

彼の声が、その手と同じぬくもりで、柔らかく優しく私を包む。

「よかった……本当によかった」

秋の空みたいに澄みきった綺麗な瞳から、透き通った涙が溢れて、私の手にぽたりと落ちた。

「生きてて
くれて、嬉しい」

涙ってこんなにあったかいんだ。千秋が私のために流してくれた涙。

「うん……生きてて、よかった……」

私も涙を流しながら頷く。

生きていてよかったと、本当に心の底から思った。

「光夏、ありがとう。戻ってきてくれて……」

千秋こそ、ありがとう、と私は小さく答えた。ちゃんと声が出るようになったら、もっとちゃんと言おう。

「もう一回、約束し直そう」

そう言って、千秋は右手の小指で、そっと私の小指をすくった。

＊

「光夏、立ってて平気なの？」

私が目覚めてから五日後の午後。

ベッドの傍らに立って窓の外を眺めていると、学校帰りの千秋たちがお見舞いにきてくれた。

「うん、もう全然大丈夫だよ。むしろ、ずっと寝てて暇だから、動きたくて」

私は彼らを連れて病室を出ると、談話室へ向かった。

いちばん端のテーブル席に陣取る。明かり取りの大きな窓からは、溢れんばかりの光が射し込んでいた。

「ねえ、千秋、春乃、冬哉」

すっかり元通りに出るようになった声で言うと、三人は「ん？」と答えた。

「みんなに話があるんだけど、聞いてくれる？」

静かに訊ねる。彼らは顔を見合わせ、それから深く頷いてくれた。

「いくらでも聞くよ」

「聞くことしかできないかもしれないけど、全力で聞くから」

「何時間でも、話したいだけ話して」

頼もしい答えに、思わず笑みがこぼれた。

それから私は、この数日間、病室のベッドで考え続けていたことを、ひとつずつ言葉にしていった。


五日前、私は、深く長い眠りから覚めた。

あの日、目の前で私が光に溶けるように消えたのを見た千秋は、慌ててマンションに入ってチャイムを鳴らした。出迎えたお父さんたちに、私の目が覚めるかもしれないと告げて、半信半疑《はんしんはんぎ》の家族四人を引っ張って病院に駆けつけたのだという。

そして、千秋の予想通り、私はすぐに目を覚ました。

覚醒《かくせい》から数十分経ったころ、千秋から電話をもらっていた春乃と冬哉も、汗だくで病室に来てくれた。

翌日、自分の状況について説明を受けた。

三階のベランダから飛び降りたものの、たまたま駐輪場の屋根と植木がクッションになったおかげで、命は助かったこと。でも、頭を打っていたせいか意識が回復せず、昏睡《こんすい》状態となっていたこと。それから一ヶ月以上も眠り続けたこと。

自分としては全くそんな自覚がないので、妙な感じがする。飛び降りたことさえ、なんだか夢の中の出来事のようだった。今となっては、どうしてそんなことをしてしまったのか、自分のことなのによく分からない。

ただ、あの日のどうしようもないほど苦しい気持ちは、よく覚えている。

夏休みが終わり、二学期の始業式を迎えた朝。私は重い身体を引きずりながら、いつもと同じように家を出た。いつもと同じように学校に行く——はずだった。

でも、途中で足が止まった。駅の改札の向こう側に、島野の後ろ姿を見つけたせいだった。

その瞬間、どうしても動けなくなった。あいつらのいる場所に、誰も私の存在を認めないあの場所に、また行かないといけない。そう考えると、もうそれ以上、一歩も前に進めなかった。

私は途方に暮れて、近くのバス停のベンチに腰を下ろした。

先のことなんてなにも考えられなかった。このまま無断欠席するのか、それともぎりぎりまで現実逃避をしてから登校するのか、どちらにも決められなかった。

動けずにいるうちにも時間は刻一刻と進み、ついに始業時間を過ぎたとき、『ああ、とうとうやってしまった』と思った。それまで一度も学校を休んだことはなかったのに。

あいつらのせいだ、と怒りが込み上げてきた。そして、吐きそうなほど悔しかった。

ずっと積み上げてきたものを、あいつらのせいで自ら崩さなくてはいけなくなった。今日もなんとか頑張って登校しようと思っていたのに、島野の姿を見かけたせいで行けなくなってしまった。

私は負けたのだ。とうとう負けてしまった。絶対に負けないように、負かされたりしないように、必死に踏ん張っていたのに、とうとう折れてしまった。

こんな状況に追い込んだ島野たちが憎い、と思った。そして、私が欠席だと気づいた彼らは大喜びするだろうと想像して、息もできないくらい悔しくて、苦しくなった。

『……あんなやつら、死んじゃえばいいのに』

気がついたら、そう呟いていた。呟いた自分に愕然とした。

私は、他人の死を望むような人間だったのだ、と絶望した。いくらいじめられているとは言え、自分の唇から自然と洩れた『死んじゃえ』という言葉は、あまりにも鋭《えい》利《り》だった。そんな〝正しくない〟ことを思ってしまった自分がショックだった。

いじめのせいで私は弱くなった。間違った思考をする最低な人間になった。

正しくありたいと思っていたし、正しく生きていけると思っていた。でも、それは自惚れだったと気づいてしまった。

それからのことは、あまり記憶がない。気がついたら、家族みんなが仕事や学校に出かけたあとの誰もいないマンションに戻り、ベランダの手すりを掴んでいた。親が悲しむかもしれない、という考えが一瞬頭をよぎったものの、弟と妹がいるから私ひとりくらい消えたところで大丈夫だろうと思った。

次の瞬間には、飛び降りていた。

ぽつぽつと語る私の言葉を、千秋たちはなにも言わずにただ聞いてくれていた。

こんな話を人にするべきではないと思っていたけれど、自分の気持ちを整理するためにも誰かに聞いてほしくて、それはこの幼馴染たち以外にはいないと思った。お父さんやお母さんには、やっぱり聞かせられない。

「なんで自殺未遂《みすい》なんてしちゃったんだろう、ってずっと考えてたんだ。いじめがつらかったとか、学校に行きたくなかったとか、あいつらへの当てつけっていうか、さすがに死んだら罪悪感を覚えるんじゃないかって気持ちとか……でも、どれもぴんとこなくて。……たぶんね、『いじめられてる自分を、自分のプライドが許せない』っていうのが、いちばん近い気がするんだ」

一点の曇りもなく生きてきた自分の人生に、汚点《おてん》がついてしまった。

なにがあっても、これからどんな嬉しいことや楽しいことがあって幸せな人生を歩んだとしても、他人の死を望んでしまったという汚点はもう消せない。

そして、たった一度でもいじめられたことで、私はこれからの人生を〝いじめられた人間〟として生きていくしかなくなった。尊厳を踏みにじられ、根こそぎ奪われた過去は、一生消えない。

飛び降りる直前、そんなふうに思っていた。

プライドを守るためには死ぬしかない、と思い込んだ。自分で自分の生き方を決めつけ、それが自分を苦しめていた。

「私は、自分のプライドに殺されるところだったんだ……」

こんなみっともない話を、自ら進んで誰かにする日が来るなんて、思いもしなかった。絶対に隠しておきたい自分の恥部《ちぶ》を、こんなに正直に打ち明けられるなんて。

こういう私に変えてくれたのは、千秋たちだ。

壁を作って、距離をとって、殻にこもって本心を見せず、相手が近づいてくれても自分を守るために冷たく突き放してきた私を、それでも見放さずに、あたたかい言葉をたくさんかけてくれた。それが私の凝り固まった心を溶かしてくれたのだ。

「みんなのおかげで、やっと目が覚めたんだよ。本当に、ありがとう」

改めてお礼が言いたいと思っていた。ちゃんと言葉にできてよかった。

「あと、嫌なことたくさん言っちゃって、ごめんね」

自分本位な言葉で傷つけてしまった。それもちゃんと謝らなくてはいけなかった。話すべきことを話し終えて、私はふうっと息を吐いた。

三人は少し泣きそうな顔をしていたけれど、「話してくれてありがとう」と言ってくれた。

「私たち、少しは光夏ちゃんの力になれた……？」

春乃がそう訊ねてきた。

「もちろん」

私は深く頷いた。

「春乃たちがいなかったら、私はきっと……」

今ここにこうしていることはなかっただろう。ずっと眠り続けたままで目を覚ますことなく、そのうちあの世に旅立ったのではないかと思う。

「みんなと過ごした放課後の時間、本当にあったかかったよ。そのおかげで、教室の時間に耐えられたんだもん。そして、現実を受け入れて、目を覚ます勇気を持てた。本当に感謝してる。ありがとう」

春乃は安堵したように「よかった」と笑った。

「……でも、どうしてみんな、急に私の前に現れたの？　それに、どうして私の姿が見えたんだろう……」

彼らが私に声をかけてくれなかったら、私は今も学校を彷徨っていたかもしれない。でも、彼らとはもう何年も疎遠にしていたのに、どうして私を助けにきてくれたのだろう。

そもそも、幽霊――この場合は生霊《いきりょう》というのだろうか――だった私を、他の生徒や先生たちは見えていないようだったのに、どうして彼らにだけは見えたのだろう。

すると千秋が、「俺が話すよ」と軽く手を上げた。

彼は記憶を辿るようにゆっくりと語り始めた。

「二学期の始業式のあと、光夏が怪我して入院したって聞いて、本当にびっくりした。慌てて病院に行ったら、光夏のお母さんがベッドの横でうずくまって泣いてて……話を聞いたら、マンションから飛び降りたみたいだ、自殺未遂だって……。本当にショックで、しばらく動けなかった。どうやって家に帰ったかも覚えてない」

千秋の顔は苦渋《くじゅう》に満ちていた。

私の行動にそれほどショックを受けてくれる存在がいたことを、あのときの私は少しも知らなかった。自分のことでいっぱいいっぱいで、周りが少しも見えていなかった。ただ目の前の苦しみから逃れることしか考えられなくて、私が死んだあとに家族や友達がどんな気持ちになるかなんて、想像すらできなかった。

「少し落ち着いて考えられるようになったとき、今度はものすごい後悔が襲ってきた」

「後悔……？　どうして？」

千秋は力の抜けたような顔で小さく笑った。

「俺は、気づいてたんだ。光夏の様子がおかしいこと……。六月の半ばくらいだったかな。集会のときとか、教室移動ですれ違ったときとか、グラウンドで体育やってるのを教室の窓から見てたときとか……光夏の顔が今までと全然違うこと、誰とも話してないこと、俺は気づいてた」

私は驚きに目を瞠る。

千秋は私なんてちっとも見ていないと思っていた。私が一方的に見ているだけだと思っていた。まさか彼も私を見てくれていて、しかも私の状況にまで気づいてくれていたなんて。

「おかしいな、なにかあったのかなって気になったけど、どう声をかければいいのか分からなかった。もうずっとしゃべってない俺が今さら話しかけたら、光夏はどんな反応するだろう、迷惑かも、嫌がられるかも、もしかしたら俺のことなんか忘れてるかもしれない……って考えて、勇気が出なかった」

「そんなわけないじゃない！」

私は思わず声を上げた。

「千秋に話しかけられて嫌なわけないし、忘れるなんて、もっとあるわけないでしょ」

必死に訴えると、千秋は「ありがとう」と呟き、心底ほっとしたように微笑んだ。

千秋は知らないのだ。私がどれほど彼のことを気にしていたか、またあのころのように話せたら、とどれほど願っていたか。

でも、私だって同じだ。彼が私のことを気にかけてくれていたなんて、ちっとも思わなかったし、私のことなんてすっかり忘れて新しい友達と新しい生活を楽しんでいるのだろう、と考えていた。お互い様だ。

どれほど強く思っていようと、言葉や行動に表さなかった気持ちは、決して相手には伝わらない。今だったら、それが分かるのに。

「でもあのときの俺は、どうしても勇気が出なかった。自信がなかったんだ。次こそ声をかけよう、今度こそ、明日こそ、来週こそ……そんなふうに少しずつ先延ばしにしてるうちに、あっという間に一学期が終わって……。二学期になったら絶対、絶対に声をかけよう、って思いながら過ごしてた。あんなに長い夏休みは初めてだった」

彼の眉間に皺が寄っていく。

「やっと夏休みが終わって、始業式の朝、今日こそ絶対に光夏に声をかけるって決心した。『どうしたの？　元気ないね。なにか嫌なことがあった？　俺でよければ相談に乗るよ。できる限り力になるよ』って、何回も頭の中でシミュレーションしてから学校に行った」

でも、私はその日、学校に行かなかった。行けなかった。無理やり引っ張って引っ張って、ぎりぎりまで張り詰めていた糸が、切れてしまったから。

「光夏を探しにA組に行ったけど、姿が見えなくて……近くにいた子に聞いたら、来てない、もう来ないんじゃないか、って言われた。その瞬間、背筋が凍るくらい怖くなった。今まで生きてきた中でいちばん怖かった。俺は間に合わなかったのかもしれない、手遅れだったのかもしれないって……予感は的中した」

「…………」

「どうして俺は、いちばん大事なときに、いちばん大事なことを行動に移せなかったのか……吐くほど後悔したよ」

今にも消え入りそうな声でそう言った千秋の瞳は、まるで底の見えない暗い淵《ふち》のように虚《うつ》ろだった。

「塞ぎ込んで、学校にも行かずにずっと家にこもってたんだけど、親に心配かけてるのが分かったから、二週間してやっと学校に行った。一日中ぼんやり過ごして、帰ろうとしたとき、冬哉と春乃に後ろから声をかけられて……何年も話してなくて久しぶりだったからびっくりしたけど、すぐに分かった。光夏のことを話したいんだって」

私ははっとした。それはもしかして、私が廊下から見かけたあの場面だったんじゃないだろうか。

教室の黒板の日付を見て、いつの間にか二学期が始まって二週間も経っていることに驚いた覚えがある。それまでのことは記憶がない。

いつものようにクラス中から無視されて——本当に誰にも姿が見えていなかったわけだけれど——暗い気持ちのまま下校しようとしたとき、春乃と冬哉が千秋に声をかけるのを見た。私以外の三人は仲良くしているのかと驚き、ひどくショックを受けた。

でも、彼らはずっと親しくしていたわけではなく、私の自殺未遂をきっかけに話すようになったということか。

「冬哉たちと光夏の話をして、そしたら急に、居ても立ってもいられなくなって……とにかく光夏の教室に行こうと思って、本館に入った。光夏はここで過ごしてたんだ、どんな気持ちで過ごしてたんだろうって考えたら、なんかもう、どうしようもなくなって……ものすごい後悔が込み上げてきて……。思わず『光夏』って呼んだ」

千秋が静かにこちらへ目を向ける。

その澄んだ瞳を見たと同時に、あのときの光景が甦ってきた。どこからか漂ってきた金木犀の花の香り、全身を包み込むような金色の光。

「呼んだ瞬間、急に金木犀のにおいがして、なんでだろうって顔を上げたら、目の前に光夏がいたんだ」

その言葉に、私は思わず目を瞠った。

「千秋もあのにおいを嗅いだの……？　もしかして、光も？」

囁くように訊ねると、今度は千秋が目を丸くした。

「光夏も？　俺もだよ。俺も、あのとき金木犀のにおいと、金色の光を感じて……それで、すごく懐かしくて、嬉しくて、でも切ないような、なんていうか……」

彼はもどかしげな表情で口をつぐんだ。

私も上手く言葉にできない。言いようのない感情が胸の奥から突き上げてくる。

もしかしたら、あの瞬間――千秋が私を思って名前を呼んでくれた瞬間に、私と彼の世界が重なったのかもしれない。違う次元にいるはずの私たちの時間が重なって、見えないはずのものが見えるようになった。会えないはずの人に会えた。

きっと、彼が私を呼んでくれなかったら、私はずっとあの場所でひとり、意識もないままふわふわ漂っていたのだろう。

「不思議だよね……」

春乃が潤んだ瞳でほうっと息をついた。

「千秋くんの光夏ちゃんへの思いが、奇跡を起こしたんだね。ふたりの大事な思い出の金木犀のにおいがしたってことは、そういうことなんだと思う。光夏ちゃんと千秋くんの絆が起こした奇跡なんだよね」

奇跡という言葉を、こんなにも実感を持って聞いたことはない。

他の人たちはきっと誰も信じてくれないけれど、私たちは確かに、生きる世界を超えて、四人で同じ時を過ごした。

「本当に、奇跡だと思う」

千秋が微笑みながら言ったあと、「でも」と困ったように眉を下げた。

「あのときの俺は、目の前にいる光夏をどうとらえればいいのか分からなくて、混乱してて……俺の願望が見せるただの幻覚なのか、夢を見てるだけなのか、もしかしたら……病院にいる光夏が死んじゃって、幽霊になって出てきたのかもとか……」

あの日の千秋は確かに、ひどく驚いたような、そして困惑したような表情を浮かべていた。

「でも、姿が見えるだけじゃなくて、ちゃんと光夏の声も聞こえた。だから、これは幻覚なんかじゃないって思った。だからこそ、どういうことなんだろうって不思議になって、光夏が校舎を出たあと、窓から見てたんだ。そしたら光夏は、校門を出る直前、光に包まれて見えなくなった……」

「………」

私はゆっくりと瞬きをしながら、千秋が図書室で『一緒に出かけよう』と言ってくれた日のことを思い出した。デートだと言われてどきどきしながら、彼と一緒に校門に向かったけれど、どこかに出かけた覚えはない。校門を出ようとした瞬間、あたりが光って眩しくて目を閉じて、瞼を上げると千秋が悲しそうな顔で門の向こうから私を見ていた。そこで記憶は途切れている。きっと再会した日も同じように私は消えたのだろう。

「俺はわけが分からないまま、とにかく学校を飛び出して光夏の病室に行った。光夏はやっぱり眠ってた。看護師さんに訊いてみたけど、ずっと意識はないままだったって言われた。眠る光夏に話しかけてみたけど、全く反応はなかった。それで俺は、光夏の魂が身体から離れてるんだ、って思った」

私は身体を置き去りにしたまま、生霊となって彷徨っていたのだ。

「次の日、俺はいつもより早く登校して、ずっと校門を見てたんだ。そしたら、光夏がいきなり現れて、そのまま校舎に入っていった」

今思えば、生霊として過ごしている間、私には学校にいるときの記憶しかなかった。いつも気がつくと学校にいた。家に帰った覚えはない。それは、学校を出ると消えてしまっていたからだったのだ。

「それで思ったんだ。きっと光夏は学校に思い残すことがあって、学校っていう場所に縛《しば》られてるんだ、その未練から解放されない限り、光夏の魂は身体に戻れない、だから目を覚まさないんじゃないかって」

千秋が少し目を細めて私を見た。

以前までの私だったら、きっと必死に首を振って否定していただろう。私は傷ついても悔やんでもいないから、未練なんてない、と。

でも、今は、素直に頷くことができる。私の人生を狂わせた、私を苦しめた学校という場所に、私は強い思いを残していたのだと。

「光夏を見つけた日、俺は病院を出た足で冬哉と春乃に会いにいって、話をした。光夏と学校で会ったこと、光夏は飛び降りのことなんてなかったみたいに、まるで忘れたみたいに普通に話してたこと、でも光夏の身体は病院で眠ったままだったこと。ふたりはすごくびっくりした顔をして、次の日俺と一緒に早い時間に学校に来てくれた」

春乃と冬哉が頷いた。

「そりゃ、そんな話聞いたら、家でじっとなんてしてらんないもんな」

「でも私たちには、光夏ちゃんが校門から入ってくるところ、見えなかったんだけどね。千秋くんだけが見えるみたいだったの」

「え……そうなの？　でもその日、春乃たちも私に声かけてくれたよね」

「うん。不思議なんだけどね、千秋くんに教えてもらった通りにしたら、見えるようになったの。光夏ちゃんの名前を、気持ちを込めて声に出して呼んでみてって。そしたら本当に、ふわって光夏ちゃんの姿が見えるようになったんだよ」

――『ひーなちゃん』

そうだ、あのとき、確かに春乃は私を呼んだ、その声に振り向くと、彼女は驚いたように目を見開いた。そのあとに冬哉も『よお、光夏』と声をかけてきた。

「金木犀のにおいとかは、俺たちは全然分からんかったけどな」

「だって、それは、俺と光夏だけの秘密だから」

千秋がさらりと言って、私の頬は熱くなった。窓の外の景色を見るふりをして、さりげなく顔を背ける。

千秋は本当に、なんだかすごい。そのマイペースさを、少し分けてほしい。

「放課後、春乃と冬哉を呼び出して相談した。なんらかの理由で光夏は学校に縛られてるんじゃないかと思う、なんとかしたいから協力してほしい、一緒に光夏の魂を身体に戻して、意識を取り戻せるようにしよう、ってふたりに頼んだんだ。俺ひとりじゃ、きっと上手くいかないって思ったから……」

春乃が「もちろんすぐにオーケーしたよ」と笑う。

「私もそうしたいって思ってたから。光夏ちゃんが……飛び降りたって聞いたとき、本当に本当に後悔して……大事な友達の苦しみに気づいてあげられなかった自分を責めたから」

「うん、俺もそうだよ。今こそ恩返しのときだって思ったしな」

冬哉も笑ってそう言ってくれた。

すると千秋が小さく、「でも」と悲しそうに言った。

「最初のときの光夏の反応からして、何年も話してなかった俺たちがいきなりなにかしようとしたって拒否するだろうし、そうなって当然だと思った」

千秋の言葉に、あのときの彼らへの対応を思い返して、我ながら呆れてしまう。本当に感じの悪い、冷たい対応をしてしまった。いじめられていることを知られたくない、弱っていることを悟られたくない一心で、ろくに会話もせずに逃げるように立ち去ってしまった。

「だから、まずは光夏との距離を縮めなきゃいけないと思う、そのための計画を立てよう、って提案したんだ」

その話し合いの様子を、たまたま私が覗き見してしまったということか。

「どうやったら光夏ちゃんは昔みたいに私たちと話してくれるようになるか、なんでも話せるような仲になれるかって、みんなでいろいろ案を出し合って、サークル活動とかいいかも、それなら毎日四人で一緒にいる口実になるよね、って」

「そういうことだったんだね……。おかしいと思ってたんだ、急にサークルなんて誘われたから……」

どう考えてもいきなりすぎて不自然だったし、活動内容もあやふやで、ずっと不思議に思っていたのだ。

するとと千秋が「理由なんて」とぽつりと言った。

「理由なんて、なんでもよかったんだ。光夏とまた一緒に過ごせるなら。そのきっかけを作れるんなら、なんだってよかった」

「うん……ありがとう」

私を助けるために懸命に話し合ってそんな突飛《とっぴ》なことを思いつき、そして私に怪訝な顔をされながらも実行してくれたのだと思うと、じわりと胸があたたかくなる。

「俺と春乃はさ」

ふいに冬哉が口を開いた。

「まず光夏のクラスに聞き込みに行こうって言ったんだ。……光夏が飛び降りたっていう話が学校で広まったとき、A組について嫌な噂もちらほら聞こえてきたし……。千秋は休んでたから知らなかったらしいけど。だから、光夏がどんな状況だったのか、噂が本当なのか確かめに行こう、そしたら光夏を救う手がかりが得られるんじゃないかって思って」

「でもね、千秋くんが、光夏ちゃんの知らないところで光夏ちゃんのことを探るべきじゃないと思うって言ったから、それはやめたの」

春乃の言葉に私は思わず「え」と声を上げ、千秋を見た。彼はなにも言わずに少し笑った。

彼は私の性格をよく分かっているな、と思う。他人に弱みを見せるのが苦手で、無駄にプライドが高い私の性格を。

千秋たちがこっそり私へのいじめについてクラスに聞き込みしていると知ったら、あのころの私ならきっと、彼らに見下されるに違いないなどと考えて、情けなさと恥ずかしさで逃げ回り、二度と口をきけなくなっていたかもしれない。

「ありがとう、千秋」

私は素直に礼を口にした。

「千秋はすごいね……私のこと、私より知ってるみたい」

感嘆《かんたん》の吐息とともに言うと、彼はふっと微笑んだ。

「俺は、光夏の知らない光夏を知ってるから」

どういうこと、と訊き返す前に、千秋が続けた。

「光夏に嫌な思いをさせるかもしれないことは、絶対にしたくなかったんだ」

すると春乃が唐突に「ごめんね」と私に頭を下げた。びっくりして目を向けると、彼女は今にも泣きそうな顔をしていた。

「それなのに私、あの日裏庭で……光夏ちゃんの様子がおかしくて、このまま光夏ちゃんがずっと目を覚まさなかったらどうしようって焦っちゃって、なにか悩んでることないか、とか訊いちゃって……光夏ちゃんのこと傷つけたよね。ごめんね」

私はぶんぶんと首を横に振った。

「そんなことないよ。私のほうこそ、心配してもらったのにあんな言い方して、春乃を傷つけて、本当にごめん。あのときは絶対に、一〇〇パーセント私のほうが悪かったんだから、春乃は謝らないで」

きっぱり告げると、彼女は大きな瞳でぱちりと瞬きしてから、

「……光夏ちゃん、やっぱりかっこいい」

と呟いた。

私は全然かっこよくなんてない。むしろ、卑屈で意地っ張りで、かっこ悪いところばかりだ。それは嫌というほど自覚しているけれど、それでも、かっこいいと言ってもらえるのは、素直に嬉しかった。

ありがとう、と呟くと、春乃も「私こそありがとう」と笑ってくれた。千秋と冬哉も微笑んでくれている。

こんなに面倒くさい私を、こんなふうに受け入れてくれるなんて。私の幼馴染たちは、本当に私にはもったいないくらい、底なしに優しくてあたたかい。

「……みんなのおかげで、私は戻ってこられたんだよね。本当に、ありがとう」

全力で頑張ってくれたのだと、今の私には理解できる。自分のことばかりで、感謝の心さえ持てずにそっけない態度ばかりとっていた私を、それでもなんとかして助け

ようとしてくれたのだ。

「俺は俺のためにやったんだよ。勇気のない、行動に移せない自分を悔やんで、そんな自分を変えたくて」

千秋が言った。その言葉も、優しさと思いやりの塊だった。きっと私に負い目を感じさせないために。

春乃があとに続く。

「私もそうだよ。光夏ちゃんにたくさん助けてもらったのに、私は、光夏ちゃんがきっといちばん苦しんでるときに、気づくことさえできなかった。そんな自分が嫌で、変わらなきゃって思ったの」

「俺も同じ。自分がこれ以上後悔しないために、光夏のための行動をしたかったってだけなんだ、本当に」

冬哉もからりと笑って言った。

私は言葉もなく三人を見つめながら、家族の顔を思い浮かべる。私が目を覚ましたとき、泣きじゃくりながら喜んでくれた姿。そして、悩みに気づけなくてごめんね、と何度も謝ってくれたこと。

お父さん、お母さん、海斗、葉月。

春乃、冬哉、千秋。

私のことをこんなにも大切に思ってくれている人たちがいたのだ。それに少しも気づけず、島野たちへの憎しみと怒り、弱い自分への悔しさで、頭がいっぱいになっていた。

私のために苦しみ、私のために泣いてくれる人たちには目を向けずに、私を傷つけ痛めつけ嘲笑《あざわら》う人たちばかりに目を奪われていたのだ。

そして、大切な家族や友達を悲しませる極端な選択をしてしまった。

みっともない姿を見られたくない、弱音を吐きたくない、弱みを見せたくない。そんな私のプライドなんて、私を大切にしてくれている人たちの愛に比べたら、取るに足らないちっぽけなものだったのに。

私はもう、私をないがしろにする人たちなんかに、人生を左右されたくない。

これからは私を愛してくれる大切な人たちのために、自分の命を大切にしたい。

私の中には、彼らがくれたたくさんの愛と思い出がいっぱいに詰まっている。それはきらきらと輝くあたたかい光になって、確かにこの胸を満たしている。

心の中にある大切なものに目を向けたら、一気に世界が光で溢れた。

この宝物を、しっかりと胸に抱いて生きていこう。

そう思うと、自然と笑みがこぼれる。

ふうっと深呼吸をして、私は三人に告げた。

「私、退院したら、学校に行く」

彼らは大きく目を見開いた。大丈夫だろうか、と心配してくれているのが伝わってくる。

「無理しなくていいんだぞ、光夏」

「うん。学校が全てじゃないんだからね、光夏ちゃん」

「光夏を傷つけるやつらがいる場所になんか、行く必要ないんだ」

そう言ってくれる彼らに、私は「大丈夫」と答える。

「私はもう大丈夫。だって、みんながついててくれるでしょ？」

三人は同時に「もちろん！」と頷いた。これ以上ないくらいに嬉しそうな顔で。

「俺は、俺たちは、なにがあっても絶対に、光夏の味方だから」

千秋が力強い眼差しで言う。

私は「よろしく。頼りにしてる」と笑った。

たぶん、初めて心から人を頼った瞬間だった。

誰かを頼って、寄りかかって支えてもらうことは、情けないことなんかじゃ、全然ないんだ。

私はやっとそれを知った。

終章　風光る

＊

爽やかな秋晴れの朝だった。

頭上には薄青《うすあお》の空とうろこ雲が広がっている。

私はそよ風に目を細めながら、学校へと続く道を歩いていた。

こんなに清々《すがすが》しい気持ちでこの道を歩いたのはいつぶりだろう。もしかしたら初めてかもしれない。まだいじめのなかったころだって、これほど澄んだ心で学校に向かったことはなかった。ただ、行くべき場所だから行っていただけだった。

生まれ変わったような、というのはこういう気分のことを言うのだろうか。

確かに私は半分死んで、また生き返ったのだから、生まれ変わったとも言えるのかもしれない。

校門が見えてきた。徐々に足どりが鈍くなる。

知らず立ち止まりかけたとき、ふいに「光夏」と声が聞こえてきた。

「おはよう、光夏」

千秋が校門の前に立っていた。

ふんわりと微笑むその顔を見て、私の心も途端に、ふわっと軽くなる。

「――おはよう」

噛みしめるように言った。

この言葉を、私はもう二度と口にできなくなるかもしれなかったのだ。

「おはよう」

千秋がまたそう口にしたので、私は笑って返す。

「何回言うの」

「何回でも」

彼も笑って続けた。

「これから光夏に、何十回でも何百回でも、何千回でも何万回でも、おはようって言いたい。これまで言えなかった分も、全部」

数秒、口がぽかんと開いたままになってしまった。なんとか声を絞り出して、

「……そう」

と答える。ずいぶんそっけない返事になってしまったけれど、仕方がない。

だって、何万回って。いったい何年、いや何十年、私と会い続けるつもりなんだろうか。

高校を卒業したあと、千秋はきっと美大に進むだろう。そうなったらもう会うことはないかもしれないのに、これから何万回も『おはよう』が言いたいなんて。

それって、聞きようによっては、まるで、そういうことみたいじゃない。

いや、千秋のことだから全くそんなつもりはなくて、ただなにも考えずに、思ったことをそのまま口にしただけだと、分かっているけれど。

彼の唐突な言葉に心をかき回されているうちに、いつの間にか、さっきまでのほのかな不安がすっかり薄らいでいた。

「行こう」

声をかけると、千秋は嬉しそうに「うん」と頷いた。

ふたり肩を並べて歩き出す。もう足はすくまなかった。

校門をくぐった瞬間、待ちかまえていたらしい春乃と冬哉が駆け寄ってきた。

「よっ、光夏！」

「光夏ちゃん、おはよう！」

「おはよう。出迎えご苦労」

おどけて言ってみせると、ふたりはからからと笑った。

そのときだった。突然後ろで「えっ」と小さな叫び声が上がった。反射的に目を向けると、そこに立っていたのは隣のクラスの男女だった。彼らの声につられたように周囲の数人がこちらに視線を向け、私に目を止めるとすぐにざわめき出す。

『あの人、自殺したんじゃなかったっけ？』

『いや、未遂らしいよ』

『そうなんだ。よく学校来れるね、気まずくないのかな』

たぶんそんな会話をしているんだろう、と予想する。

まあ仕方がないか、と思って少し俯いた直後、千秋がいきなり、

「よし、行こうか」

と大きな声を上げた。私は目を丸くして彼を見上げる。

「光夏のクラスは朝学習があるんだもんね。遅刻したらいけないから、急ごう」

私は笑って「うん、行こう」と答える。

春乃と冬哉も「行こう、行こう！」「レッツゴー！」と拳を空に突き上げた。

四人で顔を見合わせ、頷き合う。

ああ、私はもう大丈夫だ、と思った。私を笑顔で出迎え、そばにいてくれる千秋たちがいるから。そして、今朝家を出る私を心配そうに見送ってくれた家族がいるから。

だから、私は大丈夫。心からそう思った。

＊

——でも、教室に着いた瞬間、そんな考えはあまりに楽観的だったと思い知らされた。

私の足はドアの前でぴたりと止まり、一歩も動けなくなった。

心臓をぎゅっと鷲掴みにされたように胸が痛み、動悸が激しくなる。目の前が暗くなって、手も足も震えが止まらない。

怖い。吐きそう。

これまで耳を塞いできた心の声が、今はまっすぐに鼓膜に届いてしまう。

私は、怖いんだ。教室に入るのが。このドアを開けて、またクラス中から空気のように、存在しない者のように扱われるのが。自分が幽霊になったのかと錯覚するような雰囲気の中に身を置くのが。

どうしよう。怖い。嫌だ。私みたいに無駄に気が強くて生意気な人間は、どうせまた無視されて、いじめられて、強がっているくせに結局最後は弱さに呑まれて、心が折れてしまうに決まっている。そしたらまた……。

そんな考えに心を囚《とら》われて、身動きが取れなくなったときだった。

「光夏」

柔らかな声で名前を呼ばれた。

瞬間、暗闇に沈みかけた海の底に、さあっと光が射した気がした。

ゆるゆると目を上げると、隣に立っていた千秋が、いつもと変わらない優しい瞳で、静かに私を見つめていた。

それから、そうするのが当たり前だというような自然さで、そっと手を握ってくれた。心臓が跳ねて、でもその鼓動はひどく心地よかった。全身があたたかな光に包まれたようにほどけていく。

「光夏はきっとまだ知らないいんだ」

凍りかけた心が割れてしまったりしないように、そうっとお湯を注いでゆっくりと溶かしていく——千秋はそんな穏やかな優しさで語りかけてくれる。

「知らないって、なにを……？」

私は彼の手を握り返し、その眼差しに包まれながら、まだ少し震えの残る声で訊ねた。彼はふふっと笑って、さらに強く握り返してくれる。

「光夏はまだ知らないだけ。自分がどれほどたくさんの人から、どれほど強く愛されてるか。自分がどんなに素敵な子なのか」

いつかの図書室でも同じようなことを言われた。でも、やっぱり今でも、自分が『素敵』だなんて思えない。黙り込む私に、千秋は続ける。

「子どものころから光夏は、いつだって強くて正しかった。それは本当にすごいことだと思う」

胸がちくりと痛んだ。すごい、と言ってもらえているのに、嬉しくない。

自分が誇らしく思っていた正しさのせいでいじめられ、信じていた強さも幻だったと気づかされてしまったのだ。

「俺は、光夏のそういうところを本当に尊敬してるよ」

千秋の言葉は嬉しい。でも痛くて、私はありがとうすら上手く言えない。

俯きかけたとき、彼の右手に握られていた手が、今度は両手に包み込まれた。あたたかい。私は目を上げる。

「だけど俺はね」

曇りひとつない星空のように綺麗な瞳がまっすぐに私を見つめ、優しい声が静かに語りかける。

波立ちかけた心が途端に凪《な》いでいった。

千秋はすごい。いつも私の気持ちを読み取って、受け入れて、包み込んでくれる。

「俺は、光夏が強くて正しい人だから好きなんじゃないよ」

「え……」

私は目を見開いた。千秋は微笑んで続ける。

「光夏が光夏だから好きなんだ。強さとか正しさとかじゃなくて、光夏があったかくて優しくて、俺にとって特別な人だから好きなんだ」

「……千秋」

「だから、たとえつらいことがあって光夏が弱っちゃっても、光夏の思う間違いを犯しちゃっても、俺の想いには全く関係ない。好きって気持ちは全然変わらない。弱くても、間違っても、いいんだ」

そんなことは考えたこともなかった。私はずっと、正しくなくちゃ、強くなくちゃと思っていた。

だから、自分の弱さを知ったとき、自分に絶望した。強さも正しさも失ったら、もう私には価値はない、と思った。

でも千秋は、私の弱さも間違いも認めてくれる。私の大嫌いな私を、丸ごと受け入れてくれるのだ。

「俺は光夏が好きだ。大好きだ」

一気に涙が溢れ出した。そして止めどなく流れ続ける。

「俺は、光夏の弱いところも、間違ったことを思ってしまったところも、全部ひっくるめて大好きだよ」

千秋の手が伸びてきて、その指先が、私の頬を伝う涙をそっと拭ってくれる。

「間違ったっていい。人間は誰だって間違うことがある。弱くたっていい、弱さは悪いことなんかじゃない」

なんて優しい言葉だろう。

千秋はこんなに優しいんだぞ、私の大事な幼馴染は本当に素敵な人なんだぞ、と世界中に向かって叫びたいくらいだ。

「だから光夏には自分の弱さも受け入れてほしいし、俺には——俺じゃなくてもいい、光夏を愛してる人たち、どんなことがあっても愛してる人たちには、弱音を吐いてほしい」

「うん……ありがとう」

涙に潤んだ声で答える。

前は、こんな声はみっともなくて情けなくて他人には聞かせたくない、と思っていた。でも今はもうそんなふうには考えない。

嬉しいから泣いてしまった、それだけだ。その気持ちは、素直に相手に伝えたっていいことなんだ。

「ありがと、嬉しい。千秋は本当に優しいね」

すると小さな笑いが返ってきた。

「それは、光夏が俺にたくさんの優しさをくれたからだよ」

彼はまた指で私の涙を拭った。

千秋が私にくれたたくさんの言葉が、ふいに胸に迫ってくる。素敵、好き、大好き。

思い返すだけで、顔がじわじわと熱くなってきた。慌てて頬を押さえ、目を背ける。

ちょうどその先に窓があって、そこに映る自分の顔を見てしまった。見たこともないほど真っ赤な顔。

「光夏、大丈夫？」

千秋が心配そうに覗き込んできた。私は両手で顔を覆ったまま頷く。

「……ん、大丈夫。ただ、ちょっと、恥ずかしくて……」

「え、恥ずかしい？」

彼は目を丸くしてきょとんとした。どうやら本当に分かっていないらしい。無意識にあんな恥ずかしい言葉を連呼していたのだろうか。さすが千秋だ。

「いや、だから……私、そんな、好きとか言ってもらったことないから……」

「えっ。……あ」

その顔が、ぼっと火がついたように赤くなる。彼が真っ赤になるところなんて初めて見たので、私は唖然としてしまった。

「うわ、もっとちゃんと言うつもりだったのに、なんか勢いで……ごめん」

「えっ、いや、いいよそんなの……」

ていうか、なに、もっとちゃんとって。どういうこと？　なにを？　言葉にならない問いが頭を占領して、考えがまとまらない。

ふたりして顔を真っ赤にしながら向かい合う。はたから見れば滑稽《こっけい》だろうな、と思ったそのときだった。

「あのー」

突然声をかけられて、私と千秋の肩はびくりと跳ねた。

「盛り上がってるところ悪いんだけど」

同時に目を向ける。冬哉が呆れ顔で笑っていた。隣には春乃もくすくす笑いながら立っている。

そうだ、ふたりもいたんだった、と私の顔はさらに熱を上げた。

「そろそろ入らないと、チャイム鳴っちゃうんじゃないか？」

冬哉が教室のドアのほうを指差しながら言う。私は慌てて腕時計に目を落とし、鞄を持ち直した。

「行かなきゃ」

千秋たちのおかげで、震えは止まった。吐き気も消えた。

正直なところ、心はまだ少し震えているけれど。

でもきっと、今度こそは本当に大丈夫。

「じゃあ、またあとで」

私は三人に笑いかけた。作り笑いでも、貼りつけたものでも虚勢でもなく、内側から自然と湧き出した笑顔だった。

「光夏ちゃん、頑張れ！」

春乃が可愛らしいガッツポーズを作って励ましてくれる。

「無理そうだったらすぐに戻ってきていいんだよ。どうしても今日すぐに行かなきゃいけないわけじゃないんだから」

千秋はまだ心配そうな顔をしてそう言った。私は「うん、ありがと」と頷き返す。

「千秋、行ってらっしゃいのチューはしなくていいのか？」

冬哉が悪戯《いたずら》っぽく笑いながら言った。「え」と動揺した声を上げた千秋の顔が、また赤くなる。多分、私の顔も。

「……あ、そうだ」

千秋は照れ隠しをするように言って、リュックの中を探り始めた。

「これ、光夏にあげる」

「……？　なに？」

手渡されたのは、光沢のある白い厚紙。ペンで文字が書かれていた。千秋の字だ。

『いつでも光夏のそばに』

短い言葉だけれど、溢れるほどの思いが伝わってきた。

千秋がいつでも私のそばにいて、見守ってくれている。もしも私が震えたら、手を握ってくれる。倒れそうになったら、支えてくれる。前に進めなくなったら、戻る場所になってくれる。

そう確信できて、口許が緩んだ。

「裏も見てみて」

千秋の手が紙を裏返した。

その瞬間、ぱっとあたりが明るくなって、あの金色の光に包まれたような気がした。

「うわあ……」

思わず感嘆の声を洩らす。

銀杏並木の写真だった。淡い色に満ちた、息を呑むほど綺麗な写真。

降り注ぐ太陽の光を受けて金色に光り輝く銀杏の木。風に舞う葉も、地面を埋め尽くす葉も、全て真っ黄色。まるで金色の雪と金色のじゅうたん。

なにもかもが金色に輝く、夢のような景色。

希望に満ちた、明るく美しく、そして優しい写真だと思った。まるで千秋そのものだ。

「去年撮ったやつ」

千秋が嬉しそうに言った。

「もらっていいの？」

「光夏が、俺の写真、褒めてくれたから」

私は瞬きをして彼を見上げた。

「光夏が初めてだったんだ、褒めてくれたの。絵も、写真も」

「え……」

「光夏が絵を褒めてくれたから、もっと喜んでもらいたくてたくさん描くようになって、描けば描くほど絵が好きになって、そしたらどんどん毎日が楽しくなった。絵を描くときはいつも光夏のこと考えてる。写真も、いつか光夏に見せたいなって光夏の顔を思い浮かべながら撮ってる。だからこの前は、やっと見てもらえて本当に本当に嬉しかった」

千秋は本当に嬉しそうに笑う。

「これもできるだけ明るくて元気の出る写真にしたくて、この色を出すのに苦労したけど、やっと思い通りに仕上がった。どうしても今日、光夏に渡したかったから」

そうか。この明るくて美しい色は、彼が私のために作り上げてくれた色なんだ。だからこんなに優しくてあたたかくて、見ているだけで幸せな気持ちになるんだ。

「すごく綺麗……ありがとう」

私は写真をそっと抱きしめてから、胸ポケットにしまった。胸がぽかぽかあたたかくなり、それから全身に熱が伝わって、力がみなぎってくる感じがする。

千秋の写真を、もっとたくさんの人に見てほしい。せっかくだからひとり占めしたい気もするけれど、でも、きっと私と同じように彼の写真に力をもらえる人がいる。

「……こうしちゃいられないね」

唐突に言うと、千秋たちが不思議そうに首を傾げた。

「文化祭だよ。来週の土曜日でしょ？　ぼさっとしてたら間に合わなくなっちゃう。今日の放課後から、さっそくサークル活動再開だよ！」

私の言葉に、三人は同時に噴き出した。

「さすが光夏だね」

「光夏ちゃん、かっこいい！」

「よし、頑張ろうぜ‼」

彼らの笑顔を見ていて、今度こそ確信した。

島野たちなんか、もう全然怖くない。私にはこんなに心強い味方がいるから。

もうしばらくしたら、金木犀の花が咲き始めるだろう。銀杏の葉は黄色に染まり、そして秋が終わるころには金色の雪を降らせ、金色のじゅうたんを敷き詰める。

冬になったら雪が降り、春には桜の花が咲き、夏が来れば夜空に花火が咲く。

世界には美しいものがたくさんある。見たいものがたくさんある。きっと、千秋たちが見せてくれる。楽しみで仕方がない。

だから、まずは、一歩。

どんなに震えていたって、みっともないくらいへろへろだって、一歩は一歩だ。

胸の奥深くまで息を吸い込む。

「――行ってきます」

私は顔を上げて前を向いたまま、扉に手をかけた。

光射す背中は、心地よいぬくもりに包まれている。自然と手に力が入る。

扉を開けると、隙間から光が溢れた。反射的に瞼を下ろして、すぐに上げる。

もう、外の世界は眩しくなんかない。

目を開けて、胸を張って、私は歩き出すのだ。

大きく息を吐いて、私は初めの一歩を踏み出した。

〈完〉

番外編　向日葵《ひまわり》

*

「ごめん、千秋！　遅くなっちゃった……」

光夏は両手を合わせながら小走りでやってきた。

落ち葉を踏む音が耳に心地いい。

待ち合わせは毎朝七時半、公園の階段前。人を待たせるのが嫌いな彼女は、いつも約束の時間の五分前には来ているのに、今日は数分だけれど遅れていた。珍しい。なにかあったのだろうか。

俺は彼女をじっと見つめて応える。

「おはよう、光夏。全然大丈夫だよ」

「おはよう。ほんとごめん……」

彼女は俯きがちにごめんと繰り返す。ひどく申し訳なさそうだ。彼女に申し訳ないと思わせてしまっている自分が申し訳ない。不甲斐ない。

俺は昔から、没頭すると周りが見えなくなることが多くて、なにかを観察したり考えたりしていると、気がつけば何十分も、ひどいときは何時間も過ぎていたりする。それで人に心配や迷惑をかけてしまったことは数えきれない。

だから、光夏と一緒に学校に行くようになってからは、時間に遅れないように彼女を待たせないようにと早めに家を出ていたけれど、今日だけはのんびり来ればよかったと後悔する。

「待たせちゃってごめんね、千秋」

光夏の言葉で我に返った。またしても謝る彼女に、遅れ慣れてないんだなあと思う。ほんの二、三分の遅刻なのに、信じられないくらい自分を責めていそうだ。

だから俺は、気に病むほどのことではないんだよと伝わるように、精いっぱいの笑みを浮かべた。

「それは全然いいんだ、本当に。でも、もしかしてなにかあったのかなと思って」

「いや、ただ、ちょっと寝坊しちゃって……」

視線を落としたまま光夏が言う。誰よりも生真面目《きまじめ》で優しい彼女のことだから、俺を待たせたことを気にしすぎて顔が上げられないのかもしれない。

そんなこと、全然気にしなくていいのに。俺はこうやって光夏と毎日会って話せるだけで、光夏が生きてここにいてくれるだけで、十分すぎるくらい幸せなのに。

「珍しいね、光夏が寝坊なんて」

「や、うん……まあ……」

彼女は子どものころから誰よりもしっかりしていて、遅刻したところなど一度も見たことがなかった。学校だろうと遊びだろうと、絶対に時間に遅れないようにいつだって慎重に、早め早めに動く。念のために目覚まし時計はふたつかけるのだと小学生のころ言っていた。

そんな光夏が寝過ごしたなんて、やっぱりおかしい。

気まずそうに俯くその顔をじいっと凝視して、はたと気がつく。垂れた髪のカーテンの奥に見える頬が、いつになく白い。よく見ると、目もとも少し青っぽい気がした。

光夏、と思わず呟いた。

「なんか顔色がよくない。体調悪い？」

訊ねると、彼女は前髪の隙間からちらりと俺を見て、すっと目を逸らした。

「ううん、大丈夫」

「でも、変だよ」

「……ちょっと寝不足なだけ」

「なんで？　怖い夢、見た？」

彼女はまたちらりと目を上げて、窺うような眼差しで俺を見て、すぐに「や……」と首を傾けた。

「嘘はだめだよ」

「え……っ」

光夏が、ぱっと顔を上げた。その目はまんまるに見開かれている。たくさんの感情を秘めた瞳が揺れている。

「………」

光夏は、ときどき嘘をつく。すごく正直でまっすぐな子だけれど、自分の利益のためではなく、人に心配をかけないように予防線を張るためになら、嘘をつく。

誰も傷つけない、でも自分の心だけは深く傷つけるような嘘。

だから、彼女を守るためには、彼女の嘘を見破れるようにならないといけないのだと思う。彼女がまとった分厚い殻の奥まで、ちゃんと見通せるようにならないと。

そうしないと、俺はまた、光夏を失ってしまうかもしれない。

それだけは絶対に嫌だった。

だから、これからはもう遠慮しないで図々しく踏み込む。光夏を失うくらいなら、嫌われたほうがずっとましだ。

「本当のこと、教えて」

強く告げると、彼女はぱちりと大きな瞬きをして、それからふっと力を抜いたように笑った。少し眉を下げた柔らかい微笑みに、胸の奥できゅっと音がする。

「……まあ、うん、ちょっと」

やっぱり、と思った。俺が口を開こうとした途端、

「行こっか、遅刻しちゃう」

光夏は、この話は終わりと言いたげにすたすたと歩き出した。

彼女の隣に並び、その横顔をじっと見つめる。

そよ風が吹いて、頭上の梢《こずえ》がさわさわと音を立てる。彼女の髪を撫でるように枯れ葉が一枚、落ちていった。

彼女が病院のベッドの上で意識を取り戻し、体調が回復して退院するまでの間、俺は毎日見舞いに行っていた。たまに光夏が検査などで不在にしていることがあり、そういうときは彼女の家族と談話室で話したりしていた。

あるとき、彼女のお母さんが心配そうに話して聞かせてくれた。

『看護師さんが教えてくれたんだけどね、光夏ちゃん、夜あまり眠れてないらしいの。本人は言わないんだけど、ひどくうなされて汗だくになってるときがあって、眠りが浅いみたいなんですって。嫌な夢でも見てるのかしら……』

心配だけれど、忘れたい思い出を掘り返すことになるかもしれないから訊くに訊けない、と悩んでいた。俺自身も、彼女が嫌な思いをする可能性のあることは口にしたくなかった。

だから、退院祝いにプレゼントをした。あんな昔のこと、彼女はきっと忘れていると思うけれど、それでもいい、陰でこっそりと彼女から怖いものを遠ざけるお守りになればいいと祈りを込めて、贈った。

「……金木犀の香水、使ってみた？」

歩きながら訊ねると、光夏は「あ」と声を上げ、俺を見上げてふたつ瞬きをしてから、少し笑った。

「使ってない……」

「え、なんで？」

我ながら情けない声で訊ね返す。気にくわなかったのだろうか。なにも考えず昔と同じものを選んでしまったけれど、子どものころとは好みが変わることもありえるだろう。

でも、光夏は慌てた様子で「あ、違うの」と首を振った。

「本当にいいにおいで、すごく気に入ってるよ。でも」

「でも……？」

はらはらしながら続きを待っていると、彼女は困ったように眉を下げて笑った。

「もったいなくて……」

「もったいない？」

「だって……」

光夏はひとりごとみたいに、ぽつりと呟くように答えた。

「使ったら、なくなっちゃうもん」

少し唇を尖らせて、まるで子どもみたいな表情。

胸の奥がぎゅうっと苦しくなる。

「なくなったら、またプレゼントする。いくらでもあげるから、使って」

これから先、何年でも、何十年でも。光夏が悲しい思いをしないように、怖い夢を見ないように。俺にあげられるものなら、なんだってあげるから。

心の奥底から溢れ出してくる感情を上手く言葉にできずに歯がゆい思いをしていると、じいっと俺を見上げていた光夏が、「うん」と囁いた。

「……ありがとう、千秋」

噛みしめるように言い、それからまた、困った笑みを浮かべる。

「なんか、私、もらってばっかりだ」

どこか呆れたような口調だった。

「え？」

「私、もらってばっかりで、なんにも返せてない——」

「そんなことない」

間髪《かんはつ》入れずに言った。考えるより先に口が動いていた。

「もう十分もらってるよ」

なぜか泣きそうになってしまって、声が震える。

「え？」

光夏は不思議そうな顔をしている。

もどかしかった。

俺の心を取り出して、まるごと見せてあげられたらいいのに。そうしたら、きっと分かってもらえるのに。

俺がどれだけたくさんのものを光夏からもらったか。どれだけ光夏に感謝しているか。どれだけ光夏のことを大切に思っているか。

俺にとって、どれだけ光夏が眩しく、あたたかく、かけがえのない存在か。

『ねえ、なにしてるの？』

今でも鮮明に思い出せる。何度も何度も頭の中で再生した映像。それでも少しも擦《す》りきれることなく、昨日のことのようにはっきりと思い描くことができる。

ひとり膝を抱えてうずくまっていた視界に、ふいに入ってきた鮮やかな黄色の靴。

顔を上げると、太陽みたいに明るい笑顔がそこにあった。

『一緒に遊ぼうよ』

初めて会ったのに、俺は全然うまくしゃべれなかったのに、笑顔を返すことすらできなかったのに、彼女は当たり前のようにこの手を掴んで、薄暗い日陰から光射す場所へと連れ出してくれた。

俺の世界は、光夏に出会って一変した。

光夏は、向日葵《ひまわり》みたいだった。全身に光を浴びて、光に向かってまっすぐに伸びていく花。

光夏と一緒にいると、いつだって世界はまばゆいくらいに明るく鮮やかに見えた。

だから、絵を描いた。彼女が見せてくれる世界があまりにも美しくて、苦しいくらいだったから。揺さぶられた感情を、呼び起こされた感動を、自分の中に保管しきれなくて、吐き出すように描きまくった。

俺の絵を見て光夏が嬉しそうに笑ったから、それからは彼女に見せたいものを見せるために描くようになった。

毎日がどんどん楽しくなった。毎晩毎晩、朝が来るのが待ちきれない、早く光夏に会いたいと思いながら眠りに落ちた。そんな気持ちは初めてだった。

家族も、友達も、すごく大事だ。でも、光夏は特別だ。俺にとって、きっと世界中探したって代わりなんて見つからない、特別な存在だ。

宝物。なにより大切で、絶対に守りたいもの。

俺は光夏をじっと見つめる。夏の初めごろだったか、廊下で友達と楽しそうにしゃべっている姿を見かけたことがあった。あのころに比べて、ずいぶん痩《や》せた。目の下にも隈《くま》ができている。

ときどき、魂の抜けたような表情をする。俯くことが増えた。ぼんやりと空を眺めていることもある。誰かが大笑いする声にびくりと肩を震わせることがある。

冷酷で非情で卑劣な仕打ちは、こんなにも深く人の心を傷つける。

その傷は決して癒《い》えることなく、いつまでも内側から毒を吐き続ける。笑顔を曇らせ、怖い夢を見せ、生きる気力すら奪う。

机の上に置かれた花瓶、殴り書きの〈死〉、侮辱、嘲笑。

思い出すだけで吐き気がする。

許せない。どれだけ時間が経っても許せない。たとえ謝っても許されない。

その人のことを心の底から愛する家族がいても、他の誰より大切に思っている人がいても、まるで道端の石ころを蹴るくらいの簡単さで、あっけなく軽々と傷つけるやつらがいる。まるで憂《う》さ晴らしをするみたいに汚い言葉を吐きかけるやつらがいる。

とても悲しいことだけれど。人間は時に驚くほど残酷だ。

だから、そいつらの声をかき消すくらい大きな声で、大好きだと、大切だと、絶対に失いたくないのだと叫ばなくちゃいけない。ちゃんと相手に聞こえるように。

そいつらのことなんて見えなくなるくらい、寒さなんて感じないくらい、強く強く抱きしめなくちゃいけない。ぬくもりが伝わるように。

『どうして、この言葉を、もっと早く、言ってあげられなかったんだろう』

『どうして俺は、いちばん大事なときに、いちばん大事なことを行動に移せなかったのか』

もう二度と、あんな思いはしたくない。もう後悔したくない。

だから、思ったこと、伝えたいことは、はっきりと言葉にする。抱きしめたいと思ったときに、力いっぱい抱きしめる。

「光夏」

全ての思いを込めて、名前を呼ぶ。

薄い身体を両腕で包み込むと、光夏は驚いたように小さく声を上げた。

細い肩に頬をうずめると、彼女の呼吸する音が鼓膜を震わせる。

嬉しい。泣きたいくらい嬉しい。

生きている。

光夏が、生きている。

あたたかい身体で、ちゃんと呼吸して、俺を見て、声を聞かせてくれる。

これ以上の喜びも幸せもない。

「大好きだよ、光夏」

俺の心を満たしているこの想いを、愛しさを、目に見える形にすることなんてできないから、口に出して伝えるのだ。

「なんにも返さなくていいよ。光夏が一緒にいてくれるだけで、十分すぎるくらいの幸せを、俺はもらってるから」

千秋、と呼んでくれた声は、潤んで震えていた。

「生きてくれて、ありがとう。大好きだよ」

これから何度だって、君に伝える。

君が呆れて笑ってしまうくらいに、何百回でも、何千回でも、何万回でも、君が大切だってこと、ちゃんと伝えるから。

だから、どうか。

もう二度と、自分を諦めたりしないで。

〈完〉

あとがき

このたびは数ある書籍の中から『君はきっとまだ知らない』を手にとってくださり、誠にありがとうございます。

本作は二〇一九年十二月に書き下ろしの単行本として刊行された作品ですが、読者の皆様のあたたかい応援のおかげで、今回文庫化していただけることになりました。感謝の気持ちに代えて、文庫版限定の番外編を書き下ろしましたので、単行本版をお読みくださった方にも少しでもお楽しみいただけましたら幸いです。

主人公の光夏を苦しめた問題と、それによって彼女が起こした行動は、軽々しく扱ってよいものでは決してなく、このテーマを取り上げることについては迷いもありました。今まさに悩んでいる方々にとって何の力にもなれないどころか、もしかしたら不愉快な思いや悲しい思いをさせてしまう可能性もあるのではないか、と考えたからです。それでも、どうしても伝えたいたったひとつのメッセージを、光夏と同じ苦悩を抱えている誰かに届けるために、この物語を書きました。

私事で恐縮ですが、小学生のころに一度、靴を隠されたことがありました。きっかけは忘れてしまったのですが、光夏と同じように誰かの不正や横暴が許せず強く非難して衝突した直後のことだったので、その報復だろうと思ったのは覚えています。靴が見当たらないことを親友ふたりに打ち明けると、彼女たちがすぐに一緒に探してくれて、ゴミ箱の中から見つかりました。今思えば立派ないじめです。でも当時の私は『逆恨みされちゃった』というくらいにしか思いませんでした。深く傷つき立ち直れなくなったりせずにいられたのは、親友たちのおかげに他なりません。自分の受けた仕打ちに対して一緒に怒ってくれる人、絶対的に信じられる味方がいたことで、私は必要以上に落ち込んだり悲観したりせずに済みました。本当に感謝しています。

そしてこの経験から感じたことを、自分なりのメッセージとして物語に込めました。今まさに苦悩を抱えている方は、どうか、少しだけ顔を上げて周りを見回して、自分に目を向けてくれている人がいないか、よく確かめてみてください。そして、身近な誰かが苦しい思いをしていることに気づいている方は、どうかどうか、勇気を出して声をかけてみてください。そうやってひとりでも多くの人が、ほんの少しでもいいから希望を取り戻し、苦しみから救われてほしいなと心から願います。

二〇二二年四月　汐見夏衛

この物語はフィクションです。実在の人物、団体等とは一切関係がありません。

汐見夏衛先生へのファンレターのあて先
〒104-0031　東京都中央区京橋1-3-1　八重洲口大栄ビル7F
スターツ出版（株）書籍編集部 気付
汐見夏衛先生

君はきっとまだ知らない

2022年４月28日　初版第１刷発行
2024年５月13日　　　第12刷発行

著　者　　汐見夏衛　©Natsue Shiomi 2022

発 行 人　菊地修一
デザイン　カバー　栗村佳苗（ナルティス）
　　　　　フォーマット　西村弘美
発 行 所　スターツ出版株式会社
　　　　　〒104-0031
　　　　　東京都中央区京橋1-3-1　八重洲口大栄ビル7F
　　　　　出版マーケティンググループ　TEL 03-6202-0386
　　　　　（ご注文等に関するお問い合わせ）
　　　　　URL　https://starts-pub.jp/
印 刷 所　大日本印刷株式会社

Printed in Japan

ISBN　978-4-8137-1256-5　C0193

この1冊が、わたしを変える。

スターツ出版文庫　好評発売中!!

夜が明けたら、いちばんに君に会いにいく

汐見夏衛／著

定価：770円（本体700円＋税10%）

文庫版限定ストーリー収録！

私の世界を変えてくれたのは、大嫌いな君でした。

高2の茜は、誰からも信頼される優等生。しかし、隣の席の青磁にだけは「嫌いだ」と言われてしまう。茜とは正反対に、自分の気持ちをはっきり言う青磁のことが苦手だったが、茜を救ってくれたのは、そんな彼だった。「言いたいことがあるなら言っていいんだ。俺が聞いててやる」実は茜には優等生を演じる理由があった。そして彼もまた、ある秘密を抱えていて…。青磁の秘密と、タイトルの意味を知るとき、温かな涙があふれる——。

イラスト/ナナカワ

978-4-8137-0910-7